文春文庫

鬼の面

御宿かわせみ13

平岩弓枝

目次

鬼の面

夕涼《ゆうすず》みの女《おんな》

一

その日、伊之助が大川端の「かわせみ」を出たのは、ぼつぼつ五ツ（午後八時）という時刻、あたりはとっぷりと暮れていた。

といっても、蒸し暑い江戸の夏のこと、往来には縁台が出され、浴衣《ゆかた》姿の人々がしきりに団扇《うちわ》を使っていたし、子供は線香花火に興じている。

大川にかかっている永代橋の上も夕涼みの人々で賑《にぎ》わっていた。

深川へ入ると人出はむしろ増えた。

茶店はまだ店を開けているし、その他にも屋台の店が並んでいる。

富吉町へ出て、伊之助は湯屋の角をまがった。その路地は表通りにくらべると暗かった。

人通りもない。

要心のために持って来た提灯《ちょうちん》をつけようかと思ったが、月あかりである。

それに、目ざす家はもう間近であった。

暗い中に長屋が並んでいる。形ばかりの竹の垣に朝顔の蔓《つる》の絡んでいる少し先に、やはり縁台が出ていて、白っぽい浴衣を着た女が、むこうむきに腰をかけている。その手前にもう一人、これは突っ立ったままで、こっちを向いていた。

そのあたりが、おすみの家だと思ったとたんに、伊之助は胸が熱くなった。

三月の末に別れて、およそ四カ月ぶりである。

縁台にすわっていた女が、空を仰ぐようにした。月光が女の顔をぼんやりと照らす。

それで、伊之助にはその女がおすみだとわかった。

急ぎ足で近づくつもりで、伊之助が足を止め、背後をふりむいたのは、路地の入口のほうで大歓声が上ったからで、ちょうど仙台河岸の方角に、ぽんぽんという景気のいい音と共に鮮やかな花火が上っている。

つい、伊之助は花火に見とれた。が、それも僅かな間で、改めて伊之助はおすみの家のほうへ向き直って歩き出した。

縁台の前に立っていた大柄な女が、早くも伊之助をみつけて、

「おやまあ、誰かと思ったら、伊之助さんじゃありませんか」

女にしてはしゃがれた声をかけた。

おすみの母親のおくらだと気がついて、伊之助は小腰をかがめた。

「どうも御無沙汰を致しました。その節はなにかと御厄介をかけまして……」

挨拶をしながら、縁台のほうをみたのは、そこに恋しいおすみがいたと思ったからだが、案に相違して、誰もいない。

「おすみちゃんは、今、ここにいたようですが……」

というと、おくらの顔色が変った。

「なにをいっているんだい。伊之助さん、おすみがここにいるわけはない。あんたが江戸へ出て来たら、なんといったものかと、あたしもうちの人もそればかり話していたんだよ」

浴衣の袂《たもと》を顔にあてて、すすり泣きをはじめた。

伊之助のほうはあっけにとられて、

「おすみちゃんが、どうかしたんですか」

ひょっとすると、花火をみに出て行ったのかと路地のむこうを見廻していると、家の中からおくらの亭主の吉三というのが出て来た。

「どうも似た声だと出て来てみたら、やっぱり伊之助さんか。よく来てくれた。さぞ、おすみも喜ぶだろう。とにかく、こっちへ入っておくんなさい」

手を取るようにされて家の中へ入ってみると、小さな仏壇に蠟燭《ろうそく》がともっていて、線香が薄く煙をあげている。

その六畳一間きりの家の中にも、おすみの姿はなかった。

「伊之助さん、なにはともあれ、おすみに線香をあげてやってくれ」

と吉三にいわれて、伊之助はぎょっとした。

「驚くなといっても、いうほうが無理だとわかってはいるが、実はおすみの奴は先月、奉公先で急に具合が悪くなって、医者の手当ての甲斐もなく死んでしまった。大事な稼ぎ人に死なれて、俺もおっ母《かあ》もがっくりしちまってねえ」

涙声の吉三を、伊之助は夢中で遮った。

「冗談じゃありませんよ。わたしはたった今、そこでおすみさんをみたんです。あんまり変なことをいって、おどかさないで下さい」

「おすみを、どこでみたって……」

「この家の前ですよ。縁台に腰をかけて……浴衣を着て……後向きだったが、ちゃんとおすみちゃんだとわかったんです」

「そいつは、おくらを見違えたんじゃねえのかい」

「いいえ、おっ母さんは手前のほうに立っていて、その後のほうにおすみちゃんが……」

土間のほうで、おくらが叫んだ。

「そりゃ伊之助さん、幽霊だ、おすみが幽霊になって、伊之助さんに会いに出て来たんだよ」

「馬鹿な……」

どなりつけたのは吉三で、

「つまらねえことをいうもんじゃねえ。幽霊なんてもんが、この世にあってたまるか」

「だって、お前さん、他に考えようがないじゃないか」

そのとたんに、風もないのにふっと蠟燭の火が消えて、おくらが吉三にしがみついた。

「なんまいだぶ、なんまいだぶ。どうか、迷わず成仏しておくれ」

吉三も蒼白《そうはく》になり、がたがた慄《ふる》え出した。

翌日、伊之助は約束通り、もう一度、深川富吉町へ出かけ、吉三の家へ入った。

そこには、吉三夫婦の他に隣の住人の又助というのが待っていて、三人で押上村へ伊之助を案内した。

光明寺という小さな寺は、かなり荒れていたが、本堂の後は墓地になっていて、そこに白木の墓標があり、俗名すみ　享年十九と書かれていた。

香華《こうげ》を供え、伊之助は墓にむかって合掌し、大粒の涙をこぼした。

神林東吾《かみばやしとうご》が、勝手知った「かわせみ」の裏木戸を抜け、庭からるいの部屋の縁側へ出てみると、部屋の中ではるいと嘉助《かすけ》とお吉《きち》が額を集めるようにして、しきりに話し合っている。

「どうした。まさか、夜逃げの相談じゃなかろうな」

東吾の声で、三人は庭へ顔をむけ、慌てて縁側へ出て来た。

「あんまり、おどかさないで下さい。それでなくたって、お吉はびくびくしているんですから……」

そのお吉は青くなって嘉助の背中にしがみついている。

「よせやい。まだ夕方じゃねえか、俺を幽霊と間違えるには早すぎらあ」

「いけません。その幽霊って言葉が、禁句なんです」

真顔でいいながらも、るいはいそいそと東吾に座布団を出し、太刀を受け取って刀掛けにおきに行った。

「すみません。若先生、別に若先生を幽霊だなんて思ったわけじゃないんですけど、あんまり気味の悪い話を聞いたものですから……」

「そういえば、お吉は幽霊ぎらいだったな」

「幽霊を好きだなんて人がありますかしら」

「俺は、もし、るいが幽霊になって出て来たら喜んで抱いてやる」

「馬鹿馬鹿しい。鶴亀、鶴亀、あんまり縁起でもないことおっしゃらないで下さい」

お吉が酒の仕度に立って行き、嘉助が苦笑した。

「どうも、ちっとばかり怪訝《おか》しな話がございまして……」

越後の長岡の縮《ちぢみ》問屋の若旦那で伊之助という、今年二十六になるのだが、

「年に二度、春には織り上った縮を持って江戸の得意先を廻り、夏には、今時分にその勘定を取りに出て参りますんで……」

だいぶ前から「かわせみ」を定宿にしている。

「どっちかっていうと、物堅い男でございまして、誘われても悪所通いは出来ないような真面目一方と思っていましたんですが、実は惚れた女がいまして……日本橋の近江屋で針子をしているおすみって女だそうでございます」

近江屋へ縞をおさめていて、

「縞ってのは、なかなか縫い方にこつが要るようで……まあ、仕事のことから口をきいたのがはじまりで、どちらも憎からず思うようになったそうで……」

お吉が青々と茹《ゆ》で上った枝豆を肴《さかな》に、酒を運んで来た。早速、東吾が盃を取り、るいが寄り添って酌をする。

「さしずめ、長岡の親どもが、そんな女を家へ入れることはまかりならぬと反対でもしているんじゃないのか」

長岡あたりの縞問屋なら、なかなかの資産家であろう。呉服屋の針子では身分が違う。

「それが、若先生のおっしゃるように、最初は親御さんがなかなかいい返事をしなかったようですが、伊之助さんが熱心なのと、この春、近江屋の大番頭さんがみかねて、長岡の親許《おやもと》へ文を書いてやったそうでございます」

おすみという女は、気だてもよく働き者で、縞を縫わせたら、近江屋の針子の中でもおすみの右に出る者はないというほど達者な仕事をする。器量もいいし、当人同士が真面目につき合っていることだから、なんとか二人を夫婦にしてやってもらえないか、と言葉を尽して、おすみの保証をした。

その大番頭の説得がものをいって、ともかくも当人を長岡へ連れて来るようにと、伊之助の親が折れたという。

「そんなわけで、伊之助は喜んで江戸へ出て参ったのですが、近江屋へ行ってみると、おすみは五月に親の都合で暇を取ったといわれまして、慌てて深川富吉町のおすみの実家へ参りましたのが昨夜のことでして、手前共へ帰って来た時、あんまり顔色が悪いのでいろいろ訊いてみると、おすみが死んだと申しますんで……」

「おすみさんの幽霊をみたっていうんですよ」

傍《そば》からお吉が慄え声でいい出した。

「伊之助さんが富吉町のおすみさんの家へ行くと、家の前の縁台におすみさんがすわっていて……声をかけようと思ったら消えちまったんです」

東吾が盃をおいた。

「その伊之助って男、まだ泊っているのか」

「ええ、今日はおすみさんの墓まいりに行ってきたそうで……」

「面白い、ここへ呼んでくれないか」

すぐに嘉助が出て行って、間もなく、如何《いか》にも誠実そうな若者を伴ってきた。雪国育ちのせいか、男にしては色白で、頬が赤い。

「お初にお目にかかります。手前、伊之助と申します」

あらかじめ、嘉助が東吾の身分を教えたのだろう、丁寧な挨拶をした。

「お前、惚れた女に死なれたそうだな」

東吾がいい、伊之助が陰気な表情を一層、暗くした。

「なんですか、まだ夢をみているような気が致します」

「おすみは、いったい、なんで死んだんだ。もともと、体が弱かったのか」

「いえ、そんなことはございません」

いささか入り組んだ話だが、と断って伊之助がしょんぼりと話しはじめた。

「おすみが近江屋から暇を取ったのは、お父つぁんの吉三さんの知り合いがいい奉公先をいって来たからで、そちらは針仕事の上手な娘をといって来たそうでして……」

給金も近江屋よりずっといいし、

「なんといってもお大名の奥向きですから奉公していたというだけで、嫁入りの時に箔《はく》がつきます。それで喜んで奉公したそうですが、先月、急に具合が悪くなって。お医者は生まれつき、心の臓がよくなかったと申されたそうです」

「お大名へ奉公というのは、いったい、どこの、なんという殿様だ」

伊之助が口ごもり、漸《ようや》くいった。

「それが、一橋様だといいまして……」

「一橋……」

思わず、東吾が大きな声を出したのは、一橋家といえば御三卿の一つだったからである。

これはちっとやそっとの大名ではなく、れっきとした徳川の一門であった。

「随分、大層なところへ奉公にいったものだなあ」

父親の吉三というのは、なにをしているのだ、と東吾が訊いた。

「芝居小屋で働いているようでございます。役者ではございませんで、裏の仕事をするとか……おくらさんのほうは下座《げざ》の三味線ひきだったそうで……」

「芝居小屋で働いているような者の娘が、御三卿のお家に奉公出来るものでございましょうか」

と訊いたのは嘉助で、

「いったい、誰が世話をしたんだ」

東吾が伊之助にたずねた。

「よくは存じませんが、今日、吉三さんのところへ来ていた又助さんというお人が口入れ屋から頼まれたとかで……」

「成程」

ちょっと眉《まゆ》を寄せて、再び訊いた。

「お前、おすみの幽霊をみたそうだな」

伊之助がいよいよ暗くなった。

「はい」

「幽霊は自分の家の前の縁台にすわっていたらしいが……」

「左様で……」

「一人だったのか」

「いえ、おすみの前におっ母さんが立っていました」

「おっ母さんのほうは消えなかったのか」

「そりゃもう、生きて居りますんですから」

ふっと、東吾が立ち上った。

「深川なら長助《ちようすけ》親分の縄張りだ。夕涼み旁《かたがた》、伊之助と出かけて来る」

二

長助は長寿庵の釜場にいたが、東吾の顔をみると、すぐ前掛をはずして出て来た。

店先でざっと話をすると、

「富吉町の裏店《うらだな》にいる吉三なら、満更、知らない顔じゃございません」

猿若座で、芝居の小道具を作っているといった。

「若先生は御存じねえと思いますが、菊五郎の幽霊芝居で、女の生首に血がしたたっているのを本物そっくりに作って、それで大評判になったことがございます」

「おすみという娘のことは、どうだ」

「親に似て手先が器用で、近江屋の針子をしているとか」

「近江屋から暇をとって、大名のところへ奉公して、先月、死んだそうだが……」

「そいつは知りませんでした」

長助を誘って富吉町へ来た。

表通りは例によって夕涼みの人出があるが、裏の路地はひっそりしている。

「おすみの幽霊は、どこにいたんだ」

東吾が訊き、伊之助が指した。

「むこうの垣根の先で……」

今日もそこに縁台が出ているが、誰もいない。

「どの辺まで近づいたら消えたんだ」

「近づきは致しませんでした。ちょうど花火が上りまして……」

ふりむいて花火をみ、

「おすみちゃんのほうへ行こうとしましたら、もう姿がありませんでした」

「花火は、どっちだ」

長助が仙台堀の上の空を教えた。

「昨日の夜は、仙台様のお屋敷で花火がございましたんで……」

おすみの家とは反対の方角である。

立ち話をしていると、吉三の隣の家から褌《ふんどし》一本の男が出て来て伊之助をみ、驚いたように寄って来た。

「伊之助さん……こりゃあ長助親分、なにか町内に……」

「お前は又助だな」

長助がいささかどすのきいた声でいった。

「どこの口入れ屋に頼まれて、おすみを奉公に出したんだ」

路地の声が聞えたのか、吉三の家からも夫婦がとび出して来て、長助に頭を下げた。

「庄兵衛って奴です。水戸様の賭場《とば》で知り合いまして、お針のうまい子がいたら世話をしてくれって頼まれまして……」

吉三が、おそるおそる長助へ訊ねた。

「なにか、おすみのことで……」

後から東吾が口を出した。

「死んだってことを知らなかったんで、遅ればせながら線香を上げに来たんだ。おすみちゃんに岡惚れの一人としちゃあ、せめて香奠《こうでん》ぐらい上げなけりゃ気がすまねえんでね」

「お前さん……」

おくらが亭主の袖《そで》をひき、東吾に頭を下げた。

「どうぞ、汚いところですが……」

ぞろぞろと六畳一間の家へ上り込んで、東吾が仏壇の中から新しい位牌《いはい》を取り出した。

妙光信女　二十歳　と書いてある。

「こいつが、おすみの位牌かい」

「へえ」

「おすみは二十歳だったのか」

伊之助がいった。

「いいえ、十九の筈ですが……」

「お坊さんが間違えたんですよ、そそっかしいったらありゃしない」

とおくらが情なさそうに笑った。

「通夜や葬式は、この家から出したのか」

「いいえ、みんなお屋敷のほうで面倒をみて下さって……」

「遺骸《いがい》だけ、お下げ渡しになったんだな」

「そうです。それで、押上村の光明寺さんへ持って行って埋めました」

「まさか、殿様のお手討ちになったんじゃあるまいな」

東吾がだしぬけにいい、おくらが仰天した。

「とんでもない。おすみはもともと体が弱かったんで……」

「先輩の女中にいじめ殺されたのじゃないのか」

「いいえ、そりゃ皆さんによくしてもらっていると、おすみがいってましたから……」

「おすみはいつ、帰って来たんだ」

「五月の末に、宿下りってのがありまして、その時に……」

「おすみが死んで、一橋家からお手当てが出たのか」

「滅相な、奉公に出てすぐのことですし……そんなものは頂くつもりもございませんので……」

「近所の者に、おすみの死んだことを話したのか」

「ええ、何人かには話しました。でも、話すのもつらいことですし、くやみをいわれると一層、悲しくなりますんで……」

東吾は懐紙に二分銀を包んで仏壇にのせた。

「厄介をかけた。秋の彼岸には又、線香を上げに来る」

長助と伊之助をうながして家を出た。

それから東吾が足を向けたのは押上村の光明寺で、墓地には確かにおすみの新墓があって、今日の昼間、香華をたむけたのがそのままになっている。だが、光明寺は、

「こいつは無住寺じゃないのか」

と東吾がいうように、荒れた本堂にも方丈にも人が住んでいる気配がない。

長助が近所をかけ廻って訊いて来たのによると、本山は浅草のほうの寺で、なにかある時にはそっちから坊主がやって来るらしい。

「そうすると、今朝、伊之助さんが来た時には来ていて、また、浅草へ帰っちまったってことですかね」

浮かない顔で長助が呟《つぶや》いた。

その長助を供にして、東吾は「かわせみ」へ帰る伊之助と永代橋を渡ったところで別

れて、まっすぐ八丁堀へ戻って来た。

組屋敷の中でも、畝源三郎《うねげんざぶろう》の家は、どことなく活気があった。

源三郎は屋敷にいて、

「今、源太郎《げんたろう》を風呂に入れたところです」

顔中を汗にして嬉しそうに笑っている。

「源さんが宵の口から赤ん坊と風呂に入っているんじゃあ、江戸は天下泰平だな」

と東吾は笑ったが、気がついてみると、もう真夜中に近い。

「いくら寝苦しい夏の夜だからといって、東吾さんが長助とかけ廻っているのは、只事じゃありませんな」

居間に二人を通し、お千絵《ちえ》に酒を運ばせて源三郎は早速、伊之助とおすみの一件を丁寧に聞いた。

「東吾さんは、伊之助がおすみの幽霊をみたというのが気になったのでしょう」

およそ、幽霊の存在など信じない男たちである。

「花火が上って、伊之助がふりむいている中《うち》に、おすみが消えたというんで成程と思ったんだ」

一瞬の間のようだが、おすみが縁台から家の中へ逃げ込むことは出来る。

「おすみの母親は縁台の前に立っていたというのだから、路地を入って来る伊之助に逸《いち》早く気がついただろう。娘に知らせて奥に追っ払うことは容易だ」

「娘をかくしておいて、今のは幽霊だといったわけですか」

「何故、そんなことをしたと思う」

「娘を伊之助にやりたくなかったんじゃありませんか」

茶碗酒を押し頂いて飲んでいた長助が首をひねった。

「そいつはちっと合点が行きません」

吉三というのは悪い男ではないといった。

「名人気質《かたぎ》で、芝居の細工物に凝ると欲得ぬきで仕事をするそうですから、あまり暮しが楽ってわけはありませんが、なにも生きてる娘を死んだことにしてまで、縁談をぶちこわす親じゃねえように思います」

源三郎がいった。

「おすみに、いい旦那がついたということはありませんかね」

それで近江屋をやめたと考えると平仄《ひょうそく》は合うが、

「でしたら、ありのままを伊之助さんに話せばよいことで、なにも娘を幽霊にすることたあねえんじゃありませんか」

珍しく長助がねばった。

「まあ、奉公先で娘が死んで、通夜も葬式もしねえってのは、怪訝《おか》しいようにもみえますが、その日暮しの者は大抵そんなもんでして、湯灌場からまっすぐ墓地へ持って行って埋めちまうってのも決して珍しいことじゃござんせん。近所の者が二、三日、顔をみねえがどうかしたかと訊かれて実は一昨日、死んじまってなんて挨拶も、あの連中にしてみれば不思議でもなんでもねえんです」

そういわれてみると東吾も困った。

「とにかく、一橋家のほうを調べるのが早道ですが、到底、我々の近づける所ではありません。少々、あちらと昵懇《じっこん》の仁を知っていますので、そっちから訊いてもらいますが、下働きの女中のことまで、わかりますかどうか」

源三郎が二人の中を取ったような恰好《かっこう》になって、その夜の話はそこまでになった。

東吾は八丁堀の兄の屋敷へ戻り、長助は深川へ帰った。

中二日ほどおいて、源三郎が神林家を訪ねて来た。

「一橋家のほうですが、御承知のように、あちら様は下屋敷、中屋敷が多く、各々で奉公している者の数も不確かだそうです」

殊《こと》に女中は、

「御三卿の家に奉公に出たというだけで、嫁入りの時なにかと便利なそうでして、出入りの商人の娘などが、半年か一年、形ばかりの行儀見習に入るのが数知れずで、まして下働きとなると、奥取締りの御老女でも名前などは御存じないといいます」

厄介なのは、そうした行儀見習の女中が暇を取る時は、必ず病気のためと理由をつけるから、

「奉公に来て、病気で死んだ筈だと申しても、そんな者が居たのかといった有様です」

となると、おすみが果して一橋家に下働きの女中として奉公していたのかどうかは、全くわからない。

「考えたもんだな」

東吾がぼやいた。

「敵は、そういう事を知っていて、一橋家に奉公に出たなんぞといいやがったんだ」

「東吾さんは、どうしても、おすみが生きていると思いたいんですな」

「幽霊が出るわけがねえだろうが」

「手前もそう思いますが……。しかし、恋しい会いたいと思いつめていると、案外、その当人の目にだけは、まぼろしのようにみえるということはありませんかね」

長助の話だと、吉三夫婦は改めて知り合いの坊主を頼んでお経をあげてもらい、長屋の内外のお清めをしたという。

「娘が迷って幽霊になったんじゃかわいそうだというわけです」

「どうも、やることが芝居じみているんだ」

「吉三は芝居の小道具を作る商売ですからね」

それ以上は、東吾にしたところでどうにもならなかった。

第一、おすみが伊之助に惚れているのなら、どう親達が邪魔をしたところで、幽霊にされて黙っているまいとも思う。大川端の「かわせみ」へかけ込めば、そこに恋しい男が泊っているのだ。

「俺も、やきが廻ったかな」

ぼやきながら、東吾はその月の方月館の稽古のために狸穴《まみあな》へ出かけて行った。

三

十日が過ぎて、東吾が大川端の「かわせみ」の暖簾《のれん》をくぐると、

「伊之助さん、長岡へ帰りましたよ」

出迎えたるいが真っ先にいった。

「そりゃあ、はたでみていても気の毒なくらい、しょんぼりして……みんなで、そんなに悲しむとおすみさんが成仏出来ないからってなぐさめたんですけどねえ」

伊之助のこともだが、もう一つ困っているのは、

「お吉が、すっかりふさぎ込んでいるんです。毎晩、怖くて一人じゃねむれないっていうものですから……」

風呂へ入るのも、便所へ行くにも、若い女中がついて行く。

「ずっと、あたしの部屋へ寝かしているんですけど、夜中に何度もとび起きて……幽霊の夢ばっかりみるのですって……」

東吾が慌てた。

「冗談じゃねえ。今夜、俺はどうなるんだ」

流石《さすが》にその夜は、若い女中達の間へ入って寝たお吉だったが、朝になってみると、女

中達がみんな寝不足顔で、

「お吉さんが、夜中に何度も大きな声を出したり、うなされたりするんで、全然、ねむれませんでした」

と番頭の嘉助に訴えている。

「幽霊なんぞ出るわけがねえじゃないか」

青い顔で、東吾のお膳を運んで来たお吉にいうと、

「伊之助さんが見たのをお忘れですか」

白い目で怨《うら》めしそうに呟く。

「どうも、幽霊がたたるなあ」

と東吾は苦笑したが、

「笑い事じゃありません。お吉は食も細くなったし、夜もろくろく寝ていないんです。あんな様子が続いたら、きっと病気になってしまいます」

どうかしてやりたいと思うから、番町の天野宗太郎《あまのそうたろう》にでも、治療の方法を訊いて来てくれないかと、るいは泣きそうになっている。

「いくら天野宗太郎が名医だといったって、幽霊を怖がらなくなる薬なんてものが調合出来るかよ」

とはいったものの、翌朝、東吾は朝飯をすませると、すぐ番町に行った。

天野宗太郎は書生達と裏庭に敷き並べた莚《むしろ》の上でさまざまな薬草の吟味をしていたが、

東吾の話を聞くと笑いもせず、

「その、幽霊の、おすみさんですか、その人の親は芝居者だといいましたね」

どんな人柄ですか、と訊かれて、東吾は腕を組んだ。

「俺は一回しか会っていないが、長助のいうように悪い奴らじゃないとは思うが……」

「長助は、その夫婦と昵懇なんですね」

「前からよく知っているといっていた……」

同じ深川の内である。

「では、長助親分に、お吉さんの容態を細かく話しておやりなさい。おるいさんがどんなに心配しているか。幽霊が怖くてねむれない、ものも食べられないというのは医者の手にも負えないもので、下手《へた》をすると命にかかわると、わたしがいっていたと……」

「そういうことを長助にいって、どうなるのだ」

「それは、私にもわかりませんがね」

「相談甲斐のない奴だな」

だが、東吾はその足で深川へ廻り、長助に暗い顔をしてお吉の容態を話し、汗まみれになって八丁堀へ帰った。

三日が経《た》った。

天野宗太郎が長助と「かわせみ」へやって来た時、東吾はるいの部屋で、お吉に好物のくずもちを食べさせていた。

「お吉さんの病気を治す方法がみつかりましたので……」

これから浅草まで行ってくれという。

「浅草に名医がいるのか」

「むこうへ行けばわかります」

お吉は嫌がったが、宗太郎がなだめすかして、結局、るいと東吾がつき添って行くことに決った。

舟はすでに長助が用意をしていて、総勢五人、お吉を取り巻くようにして大川を上った。

大川橋の袂で舟から上り、広小路へ出てまず雷門を入り金竜山の浅草寺へ参詣をする。

「まさか、浅草の観音様が幽霊封じに霊験あらたかというわけじゃあるまいな」

東吾が軽口を叩いたが、誰も相手にならない。

参詣がすむと、宗太郎が先に立って境内を第六天のほうへ廻って行った。

そこに掛小屋がある。

なんの気なしにそっちを眺めたるいが、ぎくりと足を止めた。

絵看板をみるまでもなく、それは幽霊の見世物小屋で、獄門首だの、土左衛門だのの変死人の人形を並べたり、井戸の中から逆さ吊りの女が怨めしやと出てくるといったものである。

宗太郎がその小屋へ向って歩き出したので、るいはお吉をかばうようにして叫んだ。

「どこへいらっしゃるおつもりなんですか」

「お吉さんに、こいつをみせるんです」

宗太郎の返事に、東吾までが狼狽《ろうばい》した。

「いい加減にしろ、こんなものをみせたひには、お吉は目をまわして死んじまうぞ」

「毒を制するには毒を以てというではありませんか」

宗太郎が珍妙なことをいい出した。

「幽霊を封じるには、幽霊がいいんです」

長助が心得たように五人分の木戸銭を払って札をもらって来た。

「さあ、入りましょう。医者のいうことです。安心して私について来て下さい」

るいと東吾は顔を見合せたが、お吉は顔面蒼白になりながらも、しっかりしていた。

「天野様がそうおっしゃるんですから、入ってみます。こんな病気が治らないのでは、お嬢さんに御迷惑をかけますし、かわせみのお店からお暇を頂かなけりゃならなくなります。そんなことになるくらいなら、幽霊だろうと、お化けだろうと怖いことはございません」

慄えながら、宗太郎のあとに続いて入口をくぐった。

「待て、お吉、入るなら、俺がおぶって行ってやるから……」

東吾が声をかけて、すぐ後に続いたが、入口を入るとなかはまっ暗になっていて、一足先に入った筈のお吉の姿もみえはしない。

「東吾様」

るいが東吾にすがりついて、暗いのを幸い、東吾はるいをしっかり抱いて足探りに前へ進み出した。

最初にみえたのは提灯が柳の木にぶら下っているので、その下に棺桶《かんおけ》から亡者が首を出している人形が飾ってある。

明らかに人形とわかるが、みて気持のいいものではなかった。

その先には、からかさのお化けが立っている。

「お吉はどこへ行ったんでしょう」

その辺にひっくり返っているのではないかと、るいは気味の悪いのを我慢してあたりを見廻したが、とにかく暗くて見通しがきかない。

突然、前方でからからと井戸の釣瓶《つるべ》の縄が廻った。

わあっとお吉の叫びが聞えて、東吾はるいを抱いたまま、そっちへ走り出した。

「いやだ、長助親分じゃありませんか」

という素頓狂な声がした。

「なんだ、お前さんは、吉三んとこのおくらじゃねえか」

暗い中で長助の声が、やけに威勢がいい。

「驚いたなあ。幽霊はおくらさんかい」

「どうもすみません。いい手間賃になるもんで……娘と一緒に……」

一つ目小僧が提灯を下げて近づいて来た。

「おっ母さん、困りますよ。いくら知り合いだからって、そんなところで挨拶されちゃ、お客さんが笑ってなさるじゃありませんか」

「そんなことといったって、おすみ、長助親分に、お化けだぞ、怨めしやってわけにも行かないじゃないか」

一つ目小僧の提灯のあかりの中で、お吉が長助に近づいた。

「親分、この人……」

「ああ、吉三さんのかみさんだ。こっちは娘のおすみちゃん」

「死んだんじゃなかったんですか」

一つ目小僧が、ぴょこんとお辞儀をした。

「すいません。いろいろと御迷惑をかけまして……」

「とにかく、外へ出よう」

という声は宗太郎で、

「他の客が入って来るとまずい」

心得て、長助がその近くの布をめくると外はまだ明るい第六天の境内である。

ぞろぞろと一かたまりになって外へ出て、とたんにお吉が大きな声で笑い出した。

「なんですよ。この人達の恰好、まあ、幽霊だの一つ目小僧だのって……人馬鹿にして……冗談じゃないですよ。木戸銭払ってこんなへんてこなもんみせられて……」

お腹《なか》を抱えて笑いころげるお吉を長助と宗太郎が抱えるようにして、再び、大川橋の袂から舟で「かわせみ」へ帰って来た時には、大川に月が上っていた。

留守番の嘉助に事情を話しているところへ、化粧を落し、まともな恰好になったおくらとおすみを伴って吉三がやって来た。

「なにからお詫びを申してよいやら、どうも、とんでもないことを致しまして……」

這《は》いつくばってお辞儀をする三人をみて、東吾が少しばかり苦い顔をした。

「やっぱり、幽霊話は狂言だったんだな。なんだって、そんな人さわがせなことをしたんだ」

「こいつがいけねえんですよ」

吉三が女房をこづいた。

「いきなり娘を幽霊にしちまいやがって」

「だって、あの場合、そうとでもいうより仕方がなかったんだよ。あんまりだしぬけに伊之助さんが来たもんで……」

「なにいってやがる……」

頭へ手をやりながら、吉三が話したのは来月の猿若座で菊五郎の演じる芝居のことであった。

「藤兵衛って色男が長らく上方へ行っていまして、自分のいいかわした女のところへ土産を持ってやって来ます。女は縁台に腰かけているんですが、藤兵衛が近づいてみると誰もいない。そこへ女の母親が出て来て、娘はこがれ死にをしたって話をするんですが……」

そういう芝居の稽古が始まっていて、おくらも毎日のように稽古を眺めていた。

「それで、つい、その幽霊話をでっち上げちまいやがって……」

仏壇の位牌は、たまたま吉三が作っていた芝居の小道具をそのまま使ったもので、

「墓のほうは、あの晩、又助と一緒に穴を掘って、それらしく作りました」

それもこれも、おくらが慌てて娘は死んだといったことへの帳尻を合せるためで、

「どうにも、ひっ込みがつかなくなりましたんで……」

伊之助に長助と東吾がついてやって来た時は、嘘がばれるんじゃないかと大汗をかいたという。

「悪いことはするもんじゃございません。ほんの出来心でございます」

長助から、自分達の嘘が元で、「かわせみ」のお吉が半病人になり、命にかかわるかも知れないと聞いて、とうとう本当のことを白状した。

「そうしましたら、こちらの先生がお出でになって、お吉さんの病気を治す手伝いをしろ。そうすればお上のおとがめがないように、とりなしてやるとおっしゃいましたので……」

仲間がやっている見世物に、おくらとおすみが幽霊と一つ目小僧になって、お吉達が来るのを待っていた。

「みんな、長助親分とそちらの先生のおっしゃる通りにしたんでございます」

が……」

宗太郎が、すっかり顔色のよくなったお吉の肩を叩いていった。

「どうだ、幽霊の正体みたり、枯れ尾花ってのがよくわかったろう」

「馬鹿馬鹿しいったらありゃしませんよ」

横っ腹を押えて、お吉が口をとがらせた。

「狸の化けた幽霊だって、もう少しまともなもんじゃありませんかね、可笑《おか》しくって馬鹿馬鹿しくってお腹の皮がよじれちまいましたよ」

笑い声がやむのを待って、東吾がおすみに訊いた。

「お前、伊之助が好きだったんじゃなかったのか」

「最初は嫌いじゃなかったんですけど……」

というのが、愛くるしい顔をした娘の返事であった。

「伊之助さんはいい人で、縮の扱い方なんぞを親切に教えてくれたんです」

仕事がとりもつ縁で、だんだん話をするようになり、

「嫁に来てくれないかといわれた時は、行ってもいいような気分だったんですけど、あとでよくよく考えてみたら、長岡というのは雪の深い土地で、江戸へ出て来るのに大変な道中をしなければならない。お父つぁんやおっ母さんと離れて、知らない他国で暮すのかと思ったら、だんだん怖ろしくなってしまって」

幸いというか、伊之助の両親が反対していると聞いて、

「多分、伊之助さんがあきらめてくれると思っていました」

という。

ところが、近江屋の大番頭が伊之助に同情して、長岡へ手紙を出し、伊之助の両親を説得したと聞いて、慌てて近江屋から暇を取った。

吉三とおくらにしても一人娘をいくら玉の輿《こし》だからといって、一生会えないかも知れない土地へ嫁に出す気にはなれず、

「おすみがどうしても行きたいというならともかくも、当人も気が進まないというので、これはもう断っちまおう。どうやって断るか、いっそ、お屋敷奉公に上ったとでもいったらどうか、それならもったいないことだが一橋様とでもいえば、到底、訪ねて行くわけにも行かないだろうと、こいつは又助が智恵をつけてくれました」

と吉三が白状し、おくらも、

「伊之助さんが出て来た時は、ああもいおう、こうもいってと手筈がついていたのに、いざとなったら慌てちまって、とんでもないことを口走っちまったんです」

小さくなって、何度もお辞儀をする。

「でも、後生ですから、伊之助さんのほうには本当のことをおっしゃらないで下さいまし。いくら近江屋の大番頭さんが説得して、嫁にもらってやるといわれても、あちらにおすみが気に入られるかどうか、知らない他国へ行って嫁いびりでもされたら、この子がかわいそうでございます」

「どうも、勝手な連中でございます」

親子三人が詫びをくり返して、「かわせみ」を出て行ってから、長助がいい、ぼんのくぼに手をやった。

「この節の娘っ子は、算盤《そろばん》勘定が達者というか、可愛気がないったらありゃあしませんー
宗太郎が笑った。

「正直でいいのさ。嫁入りは一生のことだ。無理をするものじゃない」

黙然としていた東吾が、宗太郎を眺めた。

「おぬし、俺の話を聞いた時から、おすみが伊之助を好いていないと気がついたんだな」

「そりゃあそうですよ、娘が伊之助を好いていたら、あの狂言は成り立ちませんからね」

「俺は、よもやと思ったんだ」

男のほうが、あれほど思いつめているのに、

「女が心変りをするとは考えなかった」

水商売の女でもあることか、素人の娘であった。

「東吾さんに申し上げておきますが、この節の女はみんな、あんなものです。おるいさんのような貞女がぞろぞろ町を歩いていると思ったら、とんだ間違いですぞ」

「それで、宗太郎は嫁をもらえないのか」

「祝言が決ったとたんに、幽霊になられては困りますからね」

「考えてみると長屋の連中は気を揃えて、あの連中をかばってたんで……」

長助が忌々《いまいま》しそうにつけ加えた。

「何度、あっしがあの近所を聞いて廻っても、いい加減な返事しかしやあしねえ。そういえば、ずっとおすみをみていねえとか、葬式をした様子はねえが、おくらさんが仏壇に線香を上げているのをみただとか、あとでばれても当りさわりのねえことばっかし、ぬかしやがって、結局、それで欺されたんですから……」

お吉がいつもの調子で明るくいった。

「江戸っ子は、おすみちゃんを遠国へ嫁にやるのがいやだったんですよ」

さて、お酒の仕度でも致しましょうと、陽気に台所へ出て行ったお吉のあとを見送って、宗太郎がそっといった。

「あの人は、みかけによらず力があるんですねえ。見世物小屋でしがみつかれた痕《あと》がこの通りです」

めくった腕に、大きなあざが出来ている。

「そういや、俺も……」

一緒になって袖をたくし上げようとした東吾を、るいが思い切りつねった。

「どうせ、女はみかけによらず……でございますとも……」

風が出て、軒の風鈴がいい音で鳴った。

大川《おおかわ》の河童《かっぱ》

一

八丁堀組屋敷の中にある神林家の台所には、ところせましと大きなまくわ瓜が並んでいた。

葛西《かさい》から来る百姓から買ったもので、この家の主人、神林通之進《みちのしん》は、まくわ瓜が大好物である。

「それにしても、義姉上《あねうえ》、随分、思い切ってお買いになったものですね」

たまたま、八丁堀の道場から帰って来た東吾が、あっけにとられるほどの数のまくわ瓜は、女中が、大きな籠を出して来て片づけようとしているが、到底、それにおさまりそうもない。

「私が馬鹿なことをいってしまいましたの。てっきり、籠の上のほうにしか載せていないのだと思って、あるだけおいて行きなさいなどと申してしまって……」

香苗《かなえ》が赤くなっていい、女主人思いの女中が口をとがらせた。

「あの爺さんが狡《ずる》いのですよ、いつもは下に南瓜《かぼちゃ》だの茄子《なす》だの入れているのに、今日に限って、籠一杯のまくわ瓜だったなんて……」

「成程、そういうことだったんですか」

「旦那様に叱られてしまいます。私ったら、本当にそそっかしくて……」

恥じらっている香苗は、子供がないせいもあって、如何《いか》にも初々しく、娘のような感じがする。

「兄上には内証にしておきましょう。なに、このくらいのまくわ瓜、手前がせっせと食べれば、なんということもありません」

兄の通之進は行儀がよくて、どんな好物でも、そう無茶食いはしないが、東吾のほうはその気になれば一日に四個や五個は食べて食べられないものでもない。

が、この暑さにどのくらい瓜が保《も》つだろうかと、いささか啞然として眺めているところへ用人が、

「本所の麻生《あそう》様からお嬢様がお出でになられました」

と取り次いで来た。

「義姉上、飛んで火に入る夏の虫ですよ。七坊に食わせましょう」

笑いながら、東吾はまっ先に玄関へ出て行ったのだが、式台の前に立っている七重《ななえ》は、

ひどく元気がなかった。

「どうしたんだ。暑さ当りか、とにかく上りなさい。居間のほうが風が通って涼しいんだ」

兄貴ぶって、さあさあと奥へ案内し、自分は台所へとんで行って、冷たい井戸水を汲み、手拭をしぼって居間へひき返した。

「これで顔を拭くといい。少しはさっぱりするぞ」

七重は嬉しそうに受け取って、素直に顔に手拭を当てたが、その顔色はあまりよくない。

「申しわけありません。東吾様、そんなにお気遣い下さいませんように……」

香苗が妹の代りに頭を下げ、すぐにつけ加えた。

「麻生の父が、七重を手こずらせているようですよ」

「又、饅頭《まんじゆう》三個食ったあげくに、汁粉を作れなどといい出したのではないでしょうね」

甘党の麻生源右衛門《げんえもん》が、娘の作る田舎汁粉に目のないのを東吾も知っている。

「なにが食べたいといってくれれば、まだ、よろしいのですが……」

七重が吐息と共にいった。

「このところ、なにを作っても食べたくないの一点ばりで……」

「暑い時は、誰でもそうですよ。そこを工夫して、なにかお口に合うようなものをお作りしなければ……」

香苗が姉らしく忠告しかけ、妹が口をとがらせて遮った。

「お好きなものは、なにもかもお作りしてみました。卵豆腐も魚素麺も、鰻も取り寄せましたし、柳川鍋も作りました。でも、駄目なのです。なにをさし上げても、ほんの一口で、もういいと……」

「お味が濃すぎたり、薄すぎたりすることはありませんか」

七重がかぶりを振った。

「いつものようにして居ります。お訊ねしても、これでよいと……でも、召し上がらないのです」

「そいつは、ちょっと怪訝《おか》しいぞ」

東吾が口をはさんだ。

「大体、麻生の義父上《ちちうえ》は、七坊の作ったものなら、少々、味が濃かろうが、口に合わなかろうが、旨い旨いと召し上がる親馬鹿どのではありませんか。それが、なにも召し上がらないというのは、どこかお悪いのですよ」

七重が膝《ひざ》をのり出した。

「そうなのです。どこかお悪いのです。その証拠に、しばしば按摩をお呼びになり、お灸などを下《おろ》してもらっています」

「按摩や灸じゃ仕方がない。医者にみせないことには……」

「父は、医者ぎらいでございます」

「そうでしたね」

思わず、東吾が苦笑した。

麻生源右衛門の医者ぎらいは今に始まったことではなかった。東吾が知る限り、筋金入りであった。

風邪をひいて熱が出れば卵酒、腹痛には吉野の陀羅尼助《だらにすけ》という苦い薬を常備していて用いる。

もともと頑強な体なので、今まではそれでなんとかなった。

「父も年でございます。それに、今まで夏場に食欲が落ちたと申しましても、この度のようなことはございませんでした。それだけに心配で心配で……」

妹の訴えるのを聞いて、香苗も流石《さすが》に不安な表情になった。

「私が本所へ参って、お父上に申し上げましょうか。一度、お医師の方にみて頂くようにと……」

「お姉さまでは無理です。私でも駄目だったのですから……」

「手前が行って説得しましょう」

東吾がいった。

「男は男同士、案外、うまく行くかも知れません。そうだ、いっそ、手っとり早く医者を伴《つ》れて行きましょう。番町に手前の友人の医者がいます」

「東吾様のお友達で、大丈夫ですの」

七重が遠慮のないことをいった。

「もし、匙《さじ》加減でも間違えられたら……」

「まあ、あいつは、たけのこよりましだと思いますよ」

ちょうどいいから、まくわ瓜を土産にしますといい、東吾は七重を駕籠《かご》に乗せ、自分は瓜の入った手籠をぶら下げて、八丁堀を出た。

幸い、今日は曇り日で暑いことは暑いが焼けつくような太陽が頭上にないだけでも助かる。

七重が何度も瓜は自分が膝にのせて行くからといったが、東吾は笑って取り合わない。

番町の天野家の前で駕籠をとめ、東吾は先に玄関を入って、天野宗太郎に取り次ぎを頼んだ。

宗太郎はすぐに出て来た。

灰色のくくり袴に、白い上っぱりという恰好だが、顔中、汗になっている。

「釣りの誘いなら、今日は駄目だ。とにかく病人が押しかけている」

「実はこっちも病人なんだ」

「源さんのところの赤ん坊か」

「いや、むこうはぴんぴんしている」

西丸御留守居役、麻生源右衛門という者を診《み》てもらいたいというと、宗太郎は少しばかり苦笑した。

「そういう身分のある人なら、お抱えの医者がいるのだろう。俺が今、診ているのは懐具合が悪くて、どこの医者もいい顔をしないという患者ばかりで、身分と金のあるところはあとまわしになるが……」

玄関に、そっと七重が入って来た。薄暗い土間に花が咲いたような感じであった。

「おいそがしいところを、本当に申しわけございません」

宗太郎が途惑った表情になり、東吾に訊いた。

「こちらは……」

「俺の義理の妹に当るんだ。病人はこいつの父親で……俺にとっても父親以上の人なんだが、どういうわけか、医者嫌いでね」

七重が深く頭を下げた。

「父は、ここ十日余り、殆《ほと》ど食が進みません。普段は、なんでもよく頂き、健啖《けんたん》を自慢にして居りましたのに……」

「失礼ですが、お年はおいくつですか」

いくらか神妙な調子で宗太郎が訊いた。

「六十二になります」

手を叩いて、宗太郎が用人を呼んだ。

「こちらを、どこか涼しいところへ御案内してくれ」

東吾へ白い歯をみせていった。

「二、三人、大いそぎで片づける。一緒に行くから待っていてくれ」

七重に会釈をして、あたふたと奥へとんで行った。

座敷へ通されて、冷たい麦湯が来る。

「こちらは、もしかして、天野宗伯《そうはく》様のお屋敷ではございませんか」

流石に七重は気がついて、落ちつかない顔をする。

天野宗伯は将軍家の医者であった。その医者の屋敷に貧乏人の患者が来るというのがよくわからないという。

「あいつは変り者でね。むかしはとんだ道楽者で親に勘当されて長崎へ修業に行ったんだ。なんでも、表から入って来られないような患者を裏口から入れて、面倒をみてやっているらしい」

難産に立ち合って無事に赤ん坊を取り上げたこともあるそうだと東吾がいい、

「それでは、お産の先生ではございませんか」

七重が眉をひそめた。

「父は、お産というわけではありません」

「大丈夫だよ。あいつは長崎にいた時分、なんでもやったそうだから……」

そんな話をしているところへ、宗太郎が来た。

「お待たせした。御同道致そう」

自分で大きな薬籠をぶら下げた宗太郎と東吾は徒歩で、七重は乗って来た駕籠で本所へ向った。この時も、七重は何度も薬籠を自分が持つといったが、宗太郎は笑って手を振っただけで相手にしない。

友達とは不思議なところが似ているものだと七重は感心しながら駕籠に揺られていた。

一行はやがて両国橋を渡った。

本所の麻生家は、てんやわんやの最中であった。

「旦那様が揉《もみ》療治を受けて居られる最中に、俄《にわ》かに御気分が悪くなられまして……」

按摩はおろおろするばかりだし、医者を呼びに行こうにもかかりつけはなしで、用人がまっ青になっているところであった。

居間へ通ってみると、源右衛門は布団の上に横になり、目を閉じている。顔色は白っぽくなっていて、呼吸も苦しげであった。

挨拶もそっちのけで、宗太郎が脈を取り、七重に病人の帯をゆるめさせ、着物の胸をはだけて診察をはじめた。

源右衛門は途中で薄目を開けて宗太郎を眺めたが、観念したようになにもいわなかった。

「胃が少々、荒れています。このまま、捨てておくと厄介なことになったでしょう。それと、いささか脚気《かっけ》の気味です」

宗太郎はてきぱきと診断を下し、次の間へ行って薬籠を開き、薬の調合をした。

粉薬のほうは、すぐに飲ませ、煎《せん》じ薬は七重に丁寧に煎じ方を教える。

「薬効が速やかならば、明日の夕方あたりから食欲が出る筈です。そうなったら、白粥《しらかゆ》を少々、さし上げて下さい。それまではなにも召し上がらなくとも大丈夫です」

丸一日、断食をしたほうがかえって良いといった。

「安静を保ち、咽喉《のど》が渇いたら、その煎じ薬を湯呑に一杯ずつ、粉薬のほうは朝昼晩と三回です」

病人はやがて軽い寝息を立てはじめた。

「では明日、又、参ります。何事もないとは思いますが、心配なことがあれば、夜中であろうと御遠慮なく番町へ使をよこして下さい」

一時《いっとき》ばかりを麻生邸で過して天野宗太郎は颯爽《さっそう》と帰って行った。

東吾のほうは、なんとなく心細そうな七重についていてやりたくて、格別、用もないが病人の近くにすわっていた。

源右衛門は夕方に一度、目をさまし、七重から粉薬と煎じ薬の両方を飲ませられると、又、睡《ねむ》ってしまった。

心なしか、顔色もやや元に戻り、呼吸も平常になっている。

「あいつはやっぱり、名医だな」

病人に団扇《うちわ》の風を送りながら、東吾は独り言をいった。

夜になって、通之進が香苗ともども、やって来た。病人は相変らず、よく睡っている。

天野宗太郎に診てもらい、薬を飲んでいると東吾から聞いて、通之進も香苗も、ほっとしたようであった。

「今夜は手前が麻生家で宿直《とのい》を致します。兄上、義姉上は御心配なくおひきとり下さい」

東吾が神妙にいい、更けてから通之進夫婦は八丁堀の屋敷へ帰った。

二

翌朝、天野宗太郎が麻生家へやって来たのは早朝であった。

病人の昨夜の容態を訊かれて、東吾はなまあくびを嚙み殺しながらいった。

「それが、不寝番《ねずのばん》にとっては、まことに張り合いがないくらい、よく睡っていた」

明け方には鼾《いびき》をかいていたというと、宗太郎が少し笑った。

「おそらく、胃の痛みで三、四日ぐらい前から、ろくにやすまれなかった筈だ」

痛みが和らいで、どっと疲労が出たに違いないという。

「睡れないほどの痛みを我慢するくらいなら、早く医者にみせればよかったんだ」

「医者嫌いも困るが、医者好きはもっと困るんだ」

身分のある大名の隠居などで、どこも悪くもないのに、医者を呼びよせる。

「要するに退屈しのぎなのだ。一日中、すわりっきりで、縦のものを横にもしないでいて、どうも飯がうまくないといわれても、そりゃごもっともじゃないか」

「しかし、それで薬料がもらえるのだからいい商売だろう」

「私は真っ平ですね。医者が碁の相手なんぞするようになったらおしまいだ」

「長崎で苦労して来たにしては、世渡りが下手なようだな」

東吾とはへらず口を叩き合っていたくせに、病人の前へ出ると堂々とした医者の態度でいくつかの問診を試み、再び、腹部の触診などをしてから、七重に用意して来た新しい薬を渡し、夕食についての注意をして麻生家を辞した。

「もう、御心配はいりません。体力の回復されるまでに数日を要すると思いますし、暫《しばら》くは、あまり御無理をされぬように、薬のほうは当分、お続け願います」

自分は二日おきくらいに様子をみに来るし、薬はその都度、持参すると念の入った宗太郎の言葉に、病人はすっかり神妙になってうなずいている。

病人が元気になっているのに、いつまでも泊り込むのも可笑しいと、東吾も宗太郎と一緒に帰ることにした。

「ついでに、八丁堀へ寄って源さんの赤ん坊の様子をみて行こうと思います」

生まれて一年くらいは、病気でなくとも、時折、医者が診ておくものだと宗太郎はいう。

「お乳をよく飲んでいるか、発育が順調かなどというのは、赤ん坊にとって非常に大切なことですからね」

東吾としては、なにを聞いても、そういうものかと思うだけで、相槌《あいづち》の打ちようもない話を、宗太郎はいつもより饒舌《じようぜつ》になって喋《しやべ》っている。

長助に出会ったのは、もう僅かで深川というところで、

「若先生が麻生様にいらっしゃるとお聞きしまして、そちらへ参る途中で……」

という。

昨夜、大川の上のほうで涼み舟がひっくり返って大さわぎになったのだが、

「そいつが、ちっと奇妙な話でござんして」

往来ではなんだから、自分の店へ来てもらえないかと遠慮がちに頭を下げる。

東吾が承知すると、宗太郎のほうもなんとなく長寿庵へついて来た。

「舟がひっくり返って、水死人が出たのか」

なによりも、それが気になるところだったのだが、

「いいえ、船頭がとび込んで助けましたんで、水を飲んで半死半生の目に遭った奴は居りますが、命に別状はありませんでした」

乗っていた殆どが壮年の男達ばかりで、

「酒を飲んでいたそうですが、大方、水練の心得があったようでして……」

まあ不幸中の幸いではあった。

「なんだって、舟がひっくり返ったんだ」

突風が吹いて、乗合舟がひっくり返ったという事件が数年前にあった。

「それがその……」

長助がなんともいいようのない顔をして、ぼんのくぼに手をやった。

「どうも馬鹿馬鹿しいような……」

「なんだ」

「河童《かっぱ》が出たと申すんでございます」

東吾と宗太郎が笑いだし、長助がいよいよ情ない顔になった。

「手前もそんな馬鹿げたことがと思って居りますが、舟に乗っていた連中は口を揃えて河童をみたと申しますし、船頭も間違いねえといいますんで……」

「河童が舟をひっくり返したのか」

「いえ、河童はなにも致しませんそうで、みんながわあわあ総立ちになっちまって、それで、舟が転覆したんだそうでして……」

「そいつは悪戯《いたずら》だよ」

宗太郎が断定した。

「誰かが、河童に化けて舟の連中をおどかしたんだ」

「畝の旦那も、多分、そういうことだろうとおっしゃいましたが、悪戯にしてはたちが悪うございます。死人が出なかったからいいようなものでございますが……」

「乗っていたのは、どこの連中だ」

と東吾。

「蔵前の千石屋で……」

主人、番頭が音頭取りで、夕涼み旁《かたがた》、吉原へでもくり出そうというところだったといった。

「千石屋は評判が悪いな」

東吾がいった。

「貧乏御家人泣かせの利息を取る上に、昨年は米の買い占めをやって大儲けをしたそうじゃないか」

「こないだは小豆相場で派手にあてたようでございます」

貧乏人には羨《うらやま》しいような話で、と長助も苦笑した。

「そんなところから、悪戯されたんじゃねえかという噂もございます」

どうしたものだろうかと長助が相談した。

「放っておいていいのかどうか」

「河童が相手じゃ仕方がないだろう」

宗太郎が悪戯者の肩を持つような言い方をした。

「この暑いのに、長助が大川をほっつき歩くことはない」

東吾もうなずきながら、それでも小さく呟いた。

「河童が、もう悪戯をしなけりゃいいがな」

長助のところで蕎麦《そば》を馳走になって二人は八丁堀へ帰って来た。

畝源三郎の悴《せがれ》の源太郎はすくすくと成長していた。母親のお千絵も少し肥って元気そうである。裏の物干場に翩翻《へんぽん》とひるがえっている襁褓《むつき》の行列を眺めて、東吾は宗太郎と別れた。

一度、神林の屋敷へ戻って、香苗に麻生源右衛門の様子を報告してから、台所へ行ってまだ山のようにおいてあるまくわ瓜を籠に入れて、裏口から出かけた。

大川端の「かわせみ」へ行ってみると、嘉助が店の前の道に水をまいている。

「大川に河童の出た話を知っているか」

東吾の大声が帳場から、るいの部屋へ移動して、それでなくとも好奇心の強い「かわせみ」の面々が嬉しそうに集って来た。

千石屋の涼み舟がくつがえったと知らされて、ここでもあまり気の毒がる者がなかった。

「阿漕《あこぎ》な商売をやってるそうですから、怨んでる人も少くないでしょうしねえ」

というお吉の言葉に、なんとなくうなずいている。

「やっぱり、人間の悪戯と思うか」

と東吾がいい、るいが眉をひそめた。

「まさか、本物の河童だとおっしゃるんじゃありませんでしょう」

「大川に河童なんか、いるんですか」

お吉がげらげら笑い出して、

「よして下さいよ、若先生。河童が棲《す》んでるのは古沼とか古池とかに決ってるじゃありませんか」

「なにかの拍子に沼から大川へ出て来たんだ」

「なんの拍子にです」

「たとえば、日照り続きで沼が干上ってしまったとか……」

「お皿の水がなくなって、大川へざんぶりこですか」

「その中《うち》かわせみの庭へ、こんにちはごきげんよろしゅうなぞと黒い顔をした奴が……」

きゃあと悲鳴を上げて、お吉が台所へ逃げて行き、笑いながら嘉助も帳場へ戻って行った。

「麻生家の親父《おやじ》殿が具合を悪くしてね。天野宗太郎を伴れて行ったんだ」

医者嫌いが、なんにもいわないで宗太郎のするままになっていた。

「強情我慢の人だから、七坊に弱音を吐かなかっただけで、けっこう痛くも苦しくもあったに違いないんだ」

それだけに、天野宗太郎のてきぱきした診断に、内心はほっとしていたと東吾は推量している。

「麻生様も、ぼつぼつ、お跡継ぎをお考えになりませんと、さきざきが御心配でございましょうね」

るいがそっと、普段は禁断になっている問題を口に出した。

「七重の奴が、いい加減に好きな男をみつけりゃいいんだがな」

「七重様は、あなたがお好きだから……」

「あいつは箱入りで、男といえば親父か俺か兄上ぐらいしか知らないんだ。世間には、もっといい男がごまんといるのに、かわいそうな奴だよ」

「東吾様がお二人、いらっしゃるとよろしいのに……」

「分身の術でも使うか」

それ以上は、るいも触れなかった。

七重の気持は知りすぎるほど知っていた。

東吾をるいにゆずった心算《つもり》で、あきらめていることも承知している。

或る時期は、自分が死んだ気で身を引かなければと思いつめたこともあったが、東吾に強く叱られたし、なによりも自分にそれが出来る道理のないこともわかっている。で、七重に申しわけないといつも心の中で手を合せる一方で、七重に幸せな恋の訪れる日が一日も早かれと虫のいい願いも持っていた。もっとも、それを口に出すことは出来ない。

その夜、るいがいつも以上に激しく東吾を求めたのは、七重のことが心のどこかにひっかかっていたからで、そんな女心を知ってか知らずか、東吾のほうも夜明け近くまで、るいを放さなかった。

で、東吾が起き出したのは、朝陽が高く上ってからで、さしむかいの朝飯をすませたあとも、縁先に並べてある朝顔の鉢を眺めながら、のらくらしていた。

長助の声が聞えたのはそんな時で、

「若先生がお出《い》でとは、ありがてえ」

あたふたと庭へ廻って来る。

「どうした、長助」

立ち上って東吾が迎えたのは、或る予感がしたからで、

「河童が、又、出たのか」

「どうして、それを……」

「いや、当てずっぽうだ」

「今度は一人、死にましたんで……」

浅草田原町に住む医者で、向井恒庵という男だといった。

「一緒に乗っていた芸者は、船頭が助けました」

東吾の表情がゆるんだ。

「面白そうだ、行ってみるか」

大川端から舟で漕ぎ上ったのは、昨夜の現場をみるためで、竿《さお》を取っているのは八五郎という深川の船頭であった。

「昨夜の舟だが、乗っていたのは男と女と二人っきりか」

「左様で……」

「すると屋形舟か」

「それが、猪牙《ちょき》なんで……」

男と女の舟上の媾曳《あいびき》は屋形舟と相場が決っているのだが、

「向井恒庵って医者は、向島の木母《もくぼ》寺の近くに別宅を持って居りますんで、昨夜はどうやら、そこへ行く途中だったそうです」

駒形の船宿から舟を出して、恒庵と、浅草の芸者でおとよというのが乗った。

「時刻は、ぼつぼつ四ツ（午後十時）だったそうで……」

「遅いな」

「へえ、おとよが座敷に出て居りまして、それが終るのを待っていたんだと申します」

「すると、野暮用か」

粋客なら座敷をかけておいて、その後、遠出という段取りである。

「いえ、そうじゃねえようで……恒庵という医者はどうも吝嗇《けち》な奴で、無駄な銭は一文も使わないそうです」

そういう話は、先程、会って来た船頭から聞いたといった。

「芸者だけしか助けられなかった船頭だな、名はなんという」

「定吉っていいまして、駒形の船宿、喜文の船頭でございます」

川風に吹かれながら、やがて吾妻橋にさしかかる。橋の下を過ぎると右手が向島で、桜並木が暑さに疲れ切ったような青葉を大川のほうへ伸ばしている。

長い桜並木が終ると須田村で、水神の森がみえる裏のほうに木母寺がある。

「河童が出たのは、この辺りだといいますが……」

昼はなんということもない大川の眺めであった。綾瀬川が流れ込んでいるのより上流のほうは大きく左に曲って千住大橋へ向っている。

この附近まで来ても、大川は舟の通行が多かった。

釣り舟も出ているし、物売り舟も上下している。

「夜は、こんなに賑やかではないな」

東吾がいい、長助がうなずいた。

「寺島村から橋場へ渡す舟も宵の口で終りでございますから……」

涼み舟が上って来るのも、大方は五ツ（午後八時）ぐらいで、

「四ツともなりますと、格別、用事でもない限りは……」

「この前、河童が出たのも、この辺か」

「へえ、ここより、ちょいと下で……」

「時刻は……」

「向島の料理屋でどんちゃんさわぎをしてから吉原へでも繰り込もうってんで……五ツは過ぎていたようですが……」

それでも周囲に舟は居なくて、大方が自力で岸に泳ぎついたり、船頭に助けられたりした。

「まあ、そんなところだろうな」

駒形の船宿へ行ってみようと、東吾がいって、猪牙は大きく弧を描いて向きを変えた。

三

船宿「喜文」に船頭の定吉はいなかった。

「なにしろ、たて続けにあんなことがございまして、当人もふさいで居りましたんですが、今しがた、歿《なくな》ったお方にお線香をあげてくると申しまして、出て行きました」

しっかり者らしいお内儀《かみ》が長助にいうのを聞いていた東吾が訊ねた。

「たて続けというと、蔵前の千石屋の連中が乗った舟も、ここの家のだったのか」

「いいえ、舟は手前共のではございませんでした。あちらは御自分の舟をお持ちでございまして……」

「すると、船頭だけ借りるのか」

「はい」

「定吉が行ったんだな」

「あの人が、うちでは一番古い船頭で、腕もたしかなものですから……」

「千石屋の涼み舟を、定吉が漕ぐことは、いつ決ったのだ」

「四、五日前だったと思います」

「定吉が志願したのか」

「いいえ、手前共で決めましたので……」

喜文を出て、東吾が足を向けたのは、浅草田原町であった。

向井恒庵の家は、なかなか立派なものだったが、弔問の客は少いようであった。気の強そうな女房が奉公人を叱りつける声が外まで聞えて来る。

「町内でも、あんまり評判はよくねえ医者でして、金持の家には始終、顔を出すが、貧乏人のところはまず来てくれません。銭のない病人は早く死んだほうが世のため、人のためだなんぞとぬかしやがるんで、ぶんなぐってやりてえと思っていました」

近所の鳶《とび》の者が、血の気の多そうな顔で長助に話している。

「そんな業つくばりじゃ、随分と怨んでいる奴も多かろうが……」

東吾が水を向けると、そのあたりにかたまっていた連中が一せいに喋り出した。

どこそこの爺さんが卒中で倒れた時、すぐにかけつけてくれれば助かったものを、日やといの人足なんぞは灸でもすえていろといって、いくら悴が頼んでも行ってやらなかったとか、薬代が払えないのなら、もう薬はやらないと、みすみす治る病人を殺してしまったとか、高価な薬が欲しければ娘を売ってでも金を作って来いとか、次から次と、とめどがない。中には、死んでくれてさっぱりしたとまでいい出す者もいて、長助と東吾は早々に、その場を立ち去った。船頭の定吉はもう帰ったのか、恒庵の家の中をのぞいても見当らない。

仲町へ行って、おとよという芸者の家を訊くと、橋場《はしば》のほうだという。

「以前は伝法院裏に住んでいましてね。お父つぁんは腕のいい桶《おけ》職人だったが、今から七、八年前に厄介な病気にかかって、長患いのあげくに死んでしまってね。そのあと、おっ母さんのほうも同じ病気で患いついて、おとよの姉さんが吉原へ身を売って急場をしのいだそうだが、その姉さんもおっ母さんが死んだ年に血を吐いて歿ったそうだよ」

おとよが芸者になったのは借金のためだったが、

「弟が一人、橋場の家にいるんだが、体が弱いとかで……今日もそっちへ行ってるようだ」

昨夜は河童をみて、舟がひっくり返るし、一緒に乗っていたお客は死ぬし、

「よくよく、不運な星の下に生まれて来たんだねえっていってるところだよ」

と芸者屋の女たちは眉をしかめている。

「ところで、昨夜、一緒だった恒庵という医者だが、おとよの馴染客か」

東吾が訊くと、女たちが顔を見合せた。別に始終、座敷をかけてくれる客ではないといった。

「昨夜だって、弟の具合がよくないから橋場へ帰るといって出かけたんでね」

おとよを信用して出してやったのに、男と深夜、舟で向島へ渡ろうとしていたことに、いささか腹を立てていた。

「うちとしても、あんまりけじめのないことはしてもらいたくないのでね。弟さんの具合でもよくなったら、とっくり話し合いたいと思っていますのさ」

河童が出なけりゃ、こっちは欺されっぱなしだったと、芸者屋の女房は苦い顔をしている。

「おとよってのは、いくつだ」

「二十一です」

「弟は……」

「七之助っていいましてね、たしか六つ年下だっていってましたよ」

するとは十五歳である。

「長助親分、どうやら河童の正体がつかめて来たようだな」

浅草から橋場へいそぎながら東吾がいい、長助がええっという顔をした。

「あっしには、ちんぷんかんぷんですが……」

橋場へ入って、二度ほど人に訊いて漸《ようや》く訪ねて行ったおとよの家は、百姓家の物置小屋に手を加えただけの粗末なものであった。

それ以上に驚いたのは、家の中から読経が聞えていたことである。

上りがまちのところに、初老の男が一人、沈痛な顔でうつむいている。入って来た長助をみて、はっと腰を浮かした。

「定吉じゃねえか。いったい、誰が死んだんだ」

訊くまでもなかった。

この家の中には、お経をあげている若い坊主の他には、早桶の前にべったりすわり込んでいる若い女だけで、それがおとよであった。

東吾が長助を制し、読経が終るまで待った。

若い坊主は挨拶もそこに帰って行く。

「すまないが、仏をみせてもらってくれ」

低く、東吾がいい、心得て長助が早桶の蓋《ふた》を取った。おとよも定吉も、茫然としていて、なにもいわない。

「若先生、こいつは……」

長助が目をむいた。

「溺死《できし》だな」

そっとのぞいて、東吾がぽつんといったとたんに、おとよが泣き出した。

「あたしです。あたしが恒庵を殺しました」

「なにをいうんだ、おとよちゃん、馬鹿をいっちゃあいけねえ」

東吾が定吉をみた。

「お前は……おとよの父親の知り合いだったのか」

へえ、と定吉が頭を下げた。

「幼なじみでして……あっしも餓鬼の頃、伝法院裏に住んでまして……」

「それで、おとよ達に加勢したんだな」

「違います」

おとよが必死で叫んだ。

「小父《おじ》さんはなんにも知らない、小父さんに罪はありません」

「静かにしてくれないか」

苦笑して、東吾が手を振った。

「俺は、お前達を縛りに来たわけじゃない」

恒庵は非道な医者だったらしいな、というと、おとよが新しい涙を浮べた。

「お父つぁんは労咳《ろうがい》だったんです。必ず治る薬があるって……恒庵が……金さえ出せばその薬を調達してやるといわれて、姉ちゃんは吉原へ身売りしたんです。だけど、その薬を飲んでも、お父つぁんは治らなかった。おっ母さんが倒れた時、弟が迎えに行ったのに、お酒を飲んでいて、貧乏人は死ぬしかないって……おっ母さんは薬ももらえないで、血を吐き続けて死んだんです」

「他の医者に相談に行けなかったのか」

「広小路界隈には、他にお医者はいないんです。遠くの先生を訪ねて行っても、私達のような貧乏人がみてもらえるかどうか……多分、駄目だったと思います」

父親を失った姉弟は、一年そこそこで母親と上の姉までなくした。

「口惜《くや》しかったけど、どうすることも出来ません。二人で生きて行くのがせい一杯で……」

おとよは芸者になり、七之助は橋場の蓮華寺へ奉公した。

「弟は坊さんになる修行をするつもりでした。でも、やっぱり、お父つぁんと同じ病気にかかってしまって……」

農家の物置小屋を借りて、寝たり起きたりの暮しをすることになった。

「最初から無駄だって、わかってたんです。あんな人をあてにする馬鹿はない。ですけど、あたしは他にお医者を知らないし、お金を都合すれば、なんとか弟の薬がもらえるかも知れないと思って……」

「恒庵のところへ行ったのか」

「はい」

恒庵は案に相違して親切だったとおとよはいった。

「この家まで来て、弟の具合をみてくれましたし、薬ももらえたんです。でも……あいつはやっぱり、鬼でした」

親切ごかしに、おとよを向島の別宅へつれて行き、体を奪った。

「いうことをきかないと、弟の薬がもらえなくなると思って……あたし……」

定吉が、たまりかねたように口を開いた。

「薬代を……おとよちゃんは薬代も、ちゃんと払っていたんですぜ、その上、三日にあげず向島へつれて行って没義道《もぎどう》なことをしやがる。俺は何度、あいつを川ん中へ叩き込んでやりてえと思ったことか」

線香の匂いが狭い家の中にこもっていた。

「七之助が、気がついたんだな」

低く東吾がいった。

「七之助が、お前に相談したのだろう」

「あいつは自分の寿命が長くはねえことを知ってました。生きてる中に親兄弟の仇を討ちてえ。これ以上、姉ちゃんに地獄はみせたかねえと、けなげなことをいいやがって……」

それでも定吉は分別が先に立って、まあまあと七之助をなだめていた。

「俺がおとよちゃんに頼まれて、ここの家へ薬を届けに来た時に、つい、うっかり千石屋の涼み舟の話をしちまったんです」

世の中にはあくどいことをして金もうけをし、その金で贅沢三昧《ぜいたくざんまい》をする奴もいる。せめて、その金の十両、二十両があれば、と定吉が愚痴をいうのをきいていた七之助が、河童に化けることを考えた。

「冗談じゃねえっていったんです。病人がいくら、この陽気だからって川へ入っていいわけはねえ。ですが、七之助はききませんで、とうとう……」

定吉のほうも覚悟を決めた。

なにかあったところで、千石屋ならかまわないという気持があったという。

「とにかく、小手調べをしようってことになりました」

向島の舟着場に七之助がやって来て、烏天狗の面をつけ頭から青みどろの水草をかぶって浅瀬で待った。

「千石屋の連中は酔っぱらって居りまして、あっしが河童だとどなりましたら、みんな、仰天しまして……」

まず、大川に河童が出たという噂をふりまいてから、恒庵殺しをやってのけた。

「最初のとりきめで、あっしはおとよちゃんを助ける、七之助は恒庵の足を水中からひっぱって深みで溺れさせるという手筈だったんですが……」

おとよを助けて川のほうをみると、川面は静まり返って、こっちへ泳いで来る気配もない。

「それで、あっしもとび込んだんですが……」

七之助は恒庵の体にしがみつくようにして、どちらも死んでいたといった。

「七之助の体を、橋場の家へ運んでおいて、改めて元の岸辺へとって返し、人を呼んだんです」

恒庵を殺したことは悪いとは思わないと定吉は胸を張った。

「あいつは、今までに何十人、殺したことか。ですが、七之助を殺しちまったことだけは後悔してもしきれません。仇討なんぞやらせるんじゃなかった……」

定吉の声が肺腑《はいふ》をえぐるようであった。

「どうか、あっしをお縄にして下さいまし。女房子がいるわけじゃねえ。誰に歎きをみせるってもんでもございませんので……」

そっと揃えてさしのべた手を、東吾が軽く叩いた。

「なにを寝ぼけたことをいってやがる。恒庵は大川の河童に引きずり込まれて土左衛門になったんだ。七之助は病気療養中だったたが、手当ての甲斐もなく、病が改まって死んだんだ。大川の河童とは、なんのかかわりもありゃしねえ」

長助がしめった声で続けた。

「若先生のおっしゃる通りだ。一人っきりの弟をなくして、さぞ悲しかろうが、ねんごろにとむらってやんな。極楽往生間違いなしだぜ」

泣きながら手を合せている二人に背をむけて、家の外へ出た長助が、ぎょっとしたように立ちすくんだ。

「畝の旦那……いつから、こちらに……」

「源さん、来てたのか」

「ここは手前の縄張りですから、勝手なことをされては困ります」

源三郎が腰の十手に手をかけたので、東吾が慌てた。

「源さん、情は人のためならずだ」

「旦那、この通りだ。みのがしてやっておくんなさいまし」

長助が土下座したとたんに、源三郎が低く笑い出した。

「ともかくも行きましょう。こんなところを人にみられては厄介です」

ぞろぞろと待たせておいた舟まで行った。

「実をいうと、町廻りの途中で広小路の番屋の親父から、長助が東吾さんと橋場のおとよの家へ行ったと教えられましてね。一足あとにあそこへ着いたんです。二人がいい気分でいろいろいっているのを耳にして、これは手前の出る幕ではないと思いましてね」

大川端へ下る舟の中で、源三郎は面白そうに笑っている。

「人が悪いぜ、源さんは……」

すみのほうで小さくなっている長助をみて、東吾は肩をそびやかした。

「この暑い中を長助も俺もとび廻ったんだ。少しくらい、いい気分にさせてもらっても罰は当るまい」

「ですから、手前の出る幕はなかったと申しているではありませんか」

「なにをいってやがる……」

わいわいとさわぎながら「かわせみ」まで帰って来ると、

「まあ、よかった。東吾様、先程から天野宗太郎様がお待ちになっていらっしゃいますんですよ」

るいがいそいそと出迎えた。

居間で、宗太郎は乳鉢《にゅうばち》を出して、なにか、しきりに調合している。

「これは、暑さまけによく効くのですよ。まだ当分、暑い日が続きそうなので、かわせみの常備薬にするとよいと思ってね」

入って来た東吾と、その背後の源三郎や長助を眺めて、少しばかり目を細くした。

「大川の河童は、どうなりました」

東吾が威勢よく答えた。

「俺と長助で、舟の上からよくよく説教してやったから、二度と悪戯《いたずら》はしないだろうよ」

「そいつはききわけのよい河童でしたね」

お吉が酒を運んで来て、男達は車座になって盃を取り上げた。

枝豆に、鯉のあらいに、きぬかつぎ、茄子のしぎ焼きにとろろ汁が出て、「かわせみ」の庭はとっぷりと夜になった。

「どうも御馳走になりました。手前はこれで……」

源三郎が腰を上げると、宗太郎も盃をおいた。長助と三人が揃って暇《いとま》を告げる。

「よろしいんですか、お屋敷へお帰りにならなくて……」

帳場まで送って戻って来たるいが、いくらか心配そうにいったが、床柱によりかかったまま動こうとしない東吾の様子に、安心したように寄り添って徳利を取り上げた。

「麻生様では、すっかり食欲がおつきになって、今日は白粥はやめて鰻飯が食べたいとおっしゃったとか、天野様が笑っていらっしゃいました」

それで、東吾は思い出した。

「あいつ、俺に用があって、ここへ来たのだろう」

二刻あまりも、「かわせみ」で東吾を待っていた。

「なにか、東吾様にお訊きになりたいことがあるとおっしゃってでしたけれど……そんなお話はなさいませんでしたの」

「するものか、あいつ、へらへら笑って酒ばかり飲んでいやがった」

そのくせ、たいして酔ったふうでもなく帰って行った宗太郎だったが、

「まあいいさ。用があるなら、又、来るだろう」

盃を膳において、東吾は大きくのびをした。

「風呂へ入って……今夜は早寝をしようじゃないか」

夏の夜は短すぎるといいながら立ち上った東吾に、るいはいそいそと簞笥《たんす》をあけて浴衣をとり出した。

月光が開けはなしたままの縁側のふちまで明るく照らしている。

麻布《あざぶ》の秋《あき》

一

　夏の終りに大雨が続いて、このまま、秋になるのかと思っていると、俄《にわ》かに暑さがぶり返して、狸穴《まみあな》の方月館の庭では、いっせいに蜩《ひぐらし》が啼《な》きはじめた。

　早朝からの稽古が午《ひる》すぎに終って、東吾が風呂場でざっと汗を流して来ると、方月館の内証をきりもりしているおとせが、

「大先生のお居間に、麻布の名主様がおみえになっていらっしゃいます」

という。

　麻布広尾町、本村町の名主、嶋田伝蔵は、方月館の主、松浦方斎《まつうらほうさい》の囲碁仲間であった。伝蔵の孫の小太郎という、十五歳になるのが、この春から方月館へ稽古に来ている。つまり、東吾の弟子である。

で、風のよく通る方斎の居間へ挨拶に行くと、ちょうど勝負がついたところらしく、二人の老人が機嫌のいい顔で、各々の碁石を片付けていた。

東吾のあとから、おとせが冷たい麦湯を運んで来る。

「東吾は、麻布を織るところをみたことがあるか」

方斎に訊かれて、東吾は苦笑した。

「いや、ございませんが」

方月館の裏の畑にも麻が植えてあった。

その実から油を取るためだが、麻は伸びるのが早いので、よく東吾は幼い方月館の弟子達に毎日、麻の上を跳ばせていた。

麻の成長が跳躍力の訓練に都合がいいからで、子供達は麻の伸びるのに負けまいとして必死に跳ぶのだが、四尺を越える頃になると、手に負えなくなる。

その同じ麻の茎の皮をはいで糸にし、布を織るというのは知っていたが、それをみる機会はなかった。

「名主どののお宅では、仕事場を設け、女どもには麻布織りを、男どもには麻糸作りをさせているそうじゃ。後学のため、これから見物に参ろうと思うが……」

方斎にいわれて、東吾は内心、やれやれと思った。

この老師の好奇心には、一目も二目もおいている東吾であった。年齢に似合わず、何事にも関心を持ち、興味を抱く。それが、間もなく喜寿を迎えようとしている老剣士の若々しさを支えていることは、方月館で働いている者のすべてが承知していた。

東吾にしても、格別、お供を億劫《おっくう》がる心算《つもり》はなかった。

けれども、女子供の手仕事をみに、広尾くんだりまで出かけるのは、いささか照れくさい気がしないでもない。

だが、方斎は麦湯を飲むと、せっかちに立ち上って、おとせが出して来た麻の袖無し羽織を着ている。慌てて東吾は太刀を取りに行った。

老人二人に、東吾が方月館に来ている時はどこへでもついて行くと決めているおとせの息子の正吉の手をひいた東吾とが、方月館を出かけて行くのを、おとせと善助が門の外まで見送った。

残暑の中には違いないが、狸穴坂を下りて行くと崖《がけ》っぷちにはもう山萩が咲き出しているし、尾花の穂が出はじめている。

「麻布と申しますのは、元は阿佐布と書きましたそうで……」

歩きながら、名主の嶋田伝蔵が話し出した。

「昔から、この辺りの百姓は野良仕事の片手間に麻を作り、布を織ったり、麻苧《あさお》紙をすいたりして居りましたそうで、それ故、麻布と書き改めたと聞いて居ります」

ここ十数年の中《うち》に、急に町屋が増えて、村が町になり、百姓地が減って来た。

自然に麻を栽培する者が少くなって、麻布を織るのも年とった女達だけに限られて来た。

「やはり、その土地の者が代々、伝えて来た手仕事を若い者に受け継いで行ってもらいませんことにはと存じまして、ささやかではございますが、手前共に作業場を作りまして若い者を集めたのですが、それがいつの間にか縁結びの場所になりまして……」

普段、滅多に顔を合せることもないような他の村や町の男女が、嶋田伝蔵の作業場で働くようになって、次第に口をきくようになり、気心も知れて、そこから縁談が起るようになった。

「勿論、手前が親からあずかっている若い者たちでございます。おたがいがその気になったら、必ず、手前に申し出るようにいい含めまして当人同士、勝手な真似はさせて居りません」

名主が双方の親のところへ行って、縁談をまとめて祝言の段どりをつけてやるのだが、

「これが、なかなか評判がよろしゅうございます」

いささか得意そうに名主はいった。

「昔は、どこの村にも町にも、世話やきと申しますか、面倒みのいい者が居りまして、どこそこの倅には、誰それの娘が似合いそうだと、まめに口をきき、世話をしてくれたものでございますが、この節は苦労してまとめてやっても、夫婦仲がうまくいって当り前、ちょっと具合が悪くなると、やれ、仲人が調子のいいことを並べたからだ、その始末をどうしてくれると厄介なことばかり持ち込まれるので、とんと骨折り損のくたびれもうけ、縁談の世話などするものかという者が増えて参りまして……。そうなりますと、

若い者は自分で相手を探さなければなりません。度胸のよい者は、祭の時などに思う相手に声をかけ、きっかけを作ったりも致しましょうが、内気な者はそれも出来ず、親のほうもどこぞに良い相手はないものかと知り合いへ頭を下げて廻らねばなりません。左様な意味でも、作業場は生涯の伴侶をみつけるにかっこうの場となって居りますようで……」

伝蔵の話にうなずいていた松浦方斎が背後の東吾をふりむいていった。

「名主どのの話、東吾はどう思う」

「たしかに、よいお考えと承りました」

夫婦として生涯、添いとげるからには、当人同士がおたがいをよく知って祝言をあげるに越したことはないと東吾はいった。

「ただ、作業場で知り合ってと仰せられましたが、そうした場合、やはり内気な者はなかなか相手が決らないのではありませんか」

伝蔵が大きく合点した。

「若先生のおっしゃる通りでございますよ。はたからみていまして、こんなよい娘がどうして良い相手に恵まれないのかと、不思議に思うようなことがございます」

方斎が訊いた。

「内気なだけが、理由かな」

「はい、まあ少々はその家の事情もございましょうが……」

麻布十番を抜け、新堀川沿いに一の橋、二の橋ぎわを行くと川風が涼しかった。

二の橋から善福寺へまがる道は片側が善福寺、向い側は松平陸奥守の下屋敷で、そこを通りすぎると本村町であった。

名主の家は天真寺という寺の裏で、成程、地所は広い。

母屋の西側に百姓家のような造りの藁葺《わらぶき》屋根の家があって、それが作業場であった。機《はた》を織る独得の音が聞えている。

方月館の道場よりも広いと思われる板敷に機がずらりと並んでいて、その前に女が一人ずつすわって麻布を織っていた。

土間のほうは男ばかりで、これは麻を刈って来て、皮をむき、繊維にする仕事であった。

「布ばかりではなく、糸も作って居ります。麻縄や魚を捕る網に用いたり、或いは蚊帳《かや》を作るのに用いますので……」

男女は各々、二十人以上だが、その割には静かであった。

「作業中は私語を慎むように申して居ります。その代り、休みの時とか、昼飯の折は、かなり賑やかでございまして……」

男女共、ここに寝泊りすることはなく、暮れ方には仕事をやめて、各々の家へ帰るという。

名主の案内で、方斎は土間の男達の仕事ぶりを眺め、それから板敷へ上って、機織り娘の間を歩いて、織りかけの布をのぞいてみたりしている。やむなく、東吾も方斎のあとに続いた。

老人の方斎はともかく、若い東吾はこの作業場に入って来た時から注目の的になっていた。

とりわけ、娘達はあちこちでひそひそとささやき合っている。

方斎が足を止めたのは、一番奥の機の前であった。機にかかっているのは細かい絣《かすり》柄である。

「これは厄介な仕事のようだな」

方斎が名主に訊き、伝蔵が嬉しそうに説明した。

「流石《さすが》に老先生はお目が高い。これだけの細かな絣が織れますのは、この作業場では、おすずだけでございます」

おすずと呼ばれた娘は、方斎へ会釈をしたが、手は筬《おさ》から離れなかった。

瓜実顔《うりざね》で、目鼻立ちは大人しい感じだが、なんとなく寂しい雰囲気がある。年齢も、この作業場で働いている娘の中では一番の年かさのようにみえた。

「あんたが、おすずさんか。わたしはこの先の柳屋の饅頭《まんじゆう》が好物で、よく買いにやらせる。あんたの親父さんの弥助さんのことも聞いているよ」

方斎が若い娘を相手に思いがけない話を始めたので、東吾はいささかあっけにとられた。

たしかに、方斎は谷戸町の柳屋という菓子屋の饅頭を、時折、おとせに買いにやらせていたが、それは方斎の好物というよりも、正吉が喜ぶという理由だと東吾も承知している。

流石におすずは機の手を止めて、方斎に頭を下げた。

「存じませんで……、ありがとうございます」

小さな声でいい、そのまま、うつむいてしまった。内気な娘なのだろう、どぎまぎしているのが、横から眺めている東吾にもよくわかった。

方斎の作業場見物はそれでおしまいで、あとは母屋へ寄って茶の接待を受けた。

おすずと方斎の会話を聞いていたらしく、名主は早速、柳屋の饅頭を取りよせて、東吾や正吉にも勧めた。

「老先生が、柳屋の饅頭をお好みとは知りませんでしたな」

伝蔵が笑い、方斎がその一つを手に取ってから訊ねた。

「おすずと申す娘、ここへ参るようになってから久しいのかね」

「かれこれ、五、六年にもなりましょうか」

十四歳から通って来ているという。

「すると、ぼつぼつ、二十かな」

常識からいうと、とっくに嫁入りして子供の一人もいようという年齢である。

「まだ、独りのようだが……」

「それが……どういうわけか嫁《ゆ》きそびれて居りまして……」

「高のぞみなのか」

「そんなことはございません。ただ、ここに働きに来て居ります男達と、まとまってくれるとよいと思って居りますが、どうもうまく参りませんので……」

名主がみても、おすずよりも器量も気立てもよいとは思えない娘のほうが、けっこうまともな相手をみつけて夫婦になっている。

「一つには、家の事情もありまして……おすずの母親と申しますのは、今から十年程以前に高輪の月見の日に料理屋へ手伝いに参りまして、その時、知り合った男といい仲になって、家を出てしまいましたんで……」

それからこっち、父一人娘一人の暮しが続いている。

「それにしたところで、遠くへ嫁入りするでなし、近所なら始終、父親の様子をみに行くことも出来ように……」

「まあ、それはそうなのでございますが……」

半刻ばかり、とりとめのない話をして、方斎は饅頭を土産にもらって名主の家を辞した。

「先生は、前から、おすずを御存じでしたか」

帰り道に東吾が訊き、方斎が首を振った。

「知るというほどのことではない。柳屋へ饅頭を買いに行って、おとせが店で噂を聞いて来たのだ」

菓子職人の弥助の一人娘のおすずについてである。

「親孝行ないい娘だが、縁遠いのがかわいそうだと……それで、どんな娘かと思ってね」

「縁遠い理由は母親でしょうか」

男を作って家出をするような母親の娘は、やはり、ふしだらかと世間はいいたがる。

「そうかも知れぬ。そうでないかも知れぬ」

正吉が道ばたのばったを追いかけて、おすずの話は、そこで終った。

二日ばかり経って、今度は虫聞きの会があるからと、名主の伝蔵が誘いに来て、方斎はすぐその気になり、やっぱり、東吾がお供をすることになった。

場所は広尾の原で、日の暮れる前から莚《むしろ》や毛氈《もうせん》を敷き、重箱に詰めて来た肴《さかな》で瓢簞の酒を傾ける。

もっとも、虫の音を聞く集りだから、酔ってさわぎ立てるということはなく、みんな神妙に鈴虫、松虫の音に耳をすませ、或る者は発句を書きつけなどして夜更けに散会したのだったが、その翌日の夕方、正吉にせがまれた東吾が、再び、広尾の原へやって来ると、たまたま、名主の家から帰るところらしいおすずが東吾をみつけてお辞儀をした。口には出さないが、こんな所でなにをしているのかと不思議そうにみているので、

「実は、鈴虫や松虫を捕えようとやって来たんだ。昨夜、あんまりよく啼いたので、そ

の話をこいつにしたら、捕まえて、方月館の庭で啼かせようといい出してね」

　おすずが正吉の持っている虫籠を眺めて、ちょっと笑った。

「こんな所に、虫なんかいません」

「いや、昨夜はいい声で啼いていたんだ」

「あれは、名主様があっちこっちに虫籠を仕込んでおいたから……」

「なんだと……広尾の原は虫聞きの名所だといっていたが……」

「それは、昔むかしの話です。今は町屋が建て込んで、虫はみんなどこかへ行ってしまったみたいです」

　それでは風情がないというので、名主が近辺の百姓に頼んで松虫や鈴虫を飼い育て、それを虫聞きの会の時に、草むらの中に籠ごとかくしておくという。

「前は、一々、はなしていたんですけど、どういうわけか、みんな他へ逃げてしまって肝腎の虫聞きの会が始まる頃には、ガチャガチャしか啼かないんですって……」

「おどろいたな」

　なによりも正吉ががっかりしているのが不愍《ふびん》で、東吾はおすずに訊いた。

「その、松虫や鈴虫を育てている百姓の家を知らないか。少し、わけてもらいたいんだが」

「虫なら、あたしも飼っています。よかったら、さし上げます」

「それは、すまないな」

おすずのあとから広尾の原を突っ切って行くと畑のむこうに小さな家があって、おすずはいそいそと戸口を開けた。

父親はまだ帰って居らず、がらんとした土間のすみに口の大きな壺《つぼ》がいくつも並んでいる。

それが松虫鈴虫の住みかであった。壺の半分ぐらいまで入っている土の上に黒い小さな虫が動いている。

「まだ当分、いい声で啼いてくれると思います」

おすずは、正吉の虫籠に壺の中の虫をおよそ十数匹、丁寧に移した。で、東吾がいくらかの金を渡そうとすると、

「あたしは売るために飼っているんじゃないんです。お父つぁんと二人暮しで寂しいから虫でも育ててみようと思っただけで……」

どうしても受け取らない。

「それでは遠慮なくもらって行く。その代り、なにか俺で役に立つことがあったら、いつでもいってくれ」

東吾は礼をいって、虫籠を大事そうに抱えた正吉と方月館へ帰った。

狭い籠の中に入れておいてはかわいそうだという正吉の考えで、もらって来た鈴虫松虫は方月館の庭へ放された。

その夜、虫達はいっせいにいい声で啼き、方月館の人々の耳を楽しませた。

「そんな内気な娘ではなかったんだ。名主の作業場で会った時は陰気な女だと思ったが、話してみると、はきはきしてしっかり者という感じがしたよ」

虫の音を聞きながら、夜なべ仕事に針を動かしているおとせの傍《そば》で、正吉の手習をみてやりながら東吾はいった。

「若い娘というのは、その時その時で随分と印象が変るものだな」

「もしかすると、作業場ではおすずさんの気持が暗いのかも知れません」

つつましやかに、おとせがいった。

同じ作業場で働いている娘が次々と相手をみつけて嫁に行く。

「気がついたら、自分がどんどん年をとって行くような気がして……」

「しかし、まだ二十そこそこだ」

「まわりの、自分より年下の娘達から陰口をきかれているかも知れません。おすずさんが織る麻布は、他の人よりずば抜けて上等のものだといいますから、ねたまれたりして……」

そういえば、名主が方斎に対して、おすずの織る絣を賞めた時、周囲の娘達の間に、或る雰囲気があったのを、東吾は思い出した。あれは、決して気持のいいというものではなかった。

「女も大勢集ると厄介なものだな」

呟いて、東吾はまたひとしきり啼き出した虫の音に耳をすませた。

二

狸穴の方月館から八丁堀へ帰って来て五日が経った。

いくらか秋の気配が感じられる神林家の庭には、昨日から植木屋が入って竹垣の手入れをしている。で、東吾も庭へ下りて、柄にもなく池の鯉などをのぞいていると、用人が、

「畝源三郎どのが参って居ります」

と知らせに来た。

玄関へ出てみると、源三郎の背後に嘉助がひかえていた。

「あいすみません。そこで、畝様にお目にかかりましたんで、手前の代りにお声をかけて頂きました」

大川端の「かわせみ」から東吾に用があって出て来たのだが、やはり、冠木門《かぶき》の与力の屋敷は入りにくいらしい。

「なんだ。いったい」

「かわせみ」の客に、なにかあったのかと東吾は気を廻したのだが、

「へえ、それが……」

嘉助はちょっと口ごもって話しにくそうである。代りに源三郎がにやにや笑いながらいった。

「おるいさんが角をはやしているそうですよ。大層、かわいい娘が狸穴から東吾さんと約束があるといって訪ねて来たようで……」

嘉助が慌てて手を振った。

「いえ、別にお嬢さんがどうのというんじゃございません。狸穴からおすずさんとおっしゃる方がみえまして、方月館の善助さんから若先生に用があるなら、大川端のかわせみへ行けと教えられてやって来たと申しますので……」

「おすずがかわせみに……」

意外であった。

「あの娘には借りがあるんだ」

嘉助と一緒に、大川端の「かわせみ」の暖簾《のれん》をくぐると、帳場のところにるいが立っている。

「おすずが来たそうだな」

どこに居る、と訊くと、

「今夜は泊るとおっしゃるので、梅の間にお通ししたんですけれど……」

あまりすっきりした顔ではない。

「いったい、なにをお約束なさいましたの」

東吾は破顔した。

「なにをかん違いしているんだ。おすずというのは、広尾の柳屋という菓子屋の職人の娘で、この前、正吉が鈴虫だの松虫だのを沢山、そいつから貰ったんだ」

「それだけで、どうして東吾様をたずねて、出ておいでになったんですか。狸穴から大川端まで決して近いとはいえませんのに……」

「だから、そいつを聞いてやろうじゃないか。とにかく、こっちへ連れて来いよ」

「梅の間へいらっしゃいませんの」

「るいがいたほうが、むこうも話がしやすいだろう」

「さあ、どうでしょうかしら」

口ではいったものの、東吾がさっさと居間のほうへ行くのをみて、るいは自分で梅の間へ上って行った。

おすずは落ちつかない様子で窓から外を眺めていたが、入って来たるいが、

「お待たせしました。神林東吾様がおみえになりましたよ」

というと、ぱっと目を輝かせ、上気した表情になった。そういうところが、どうも、るいの気になる点である。といって、こんな小娘に焼餅をやいていると思われたくもないので、るいはつとめて穏やかに、おすずを伴って階下の居間へ行った。

東吾のほうは勝手知った我が家のようなもので、夏火鉢のむこうにどっかとすわって、お吉が運んできた麦湯を飲んでいたが、おすずをみると、やあと手を上げた。

「どうしたんだ。なにがあった……」

声をかけられて、おすずは安心したように東吾の傍へすわり、両手を突いて頭を下げた。

「すみません」

眺めていたるいが驚いたのは、いきなりおすずの目に涙が盛り上って来たことで、これには東吾もいささか慌てた。

「おい、泣くな。泣いていてはわからんぞ」

るいのみている手前、うっかり娘の肩に手をかけるわけにも行かず、東吾は途方に暮れた。嘉助が居間へ来たのは、そんな時で、

「飯倉《いいくら》の仙五郎親分が参りましたが……」

と知らせて来た。とたんにおすずがぎょっとしたように腰を浮かす。

「なんだ、お前、お上に御厄介をおかけするようなことをして来たのか」

東吾がいい、おすずが激しく否定した。

「違います。あたし、悪いことなんかしていません」

「やましいことがなければ、そこにいろ」

仙五郎をここへ通すように嘉助にいいつけると、間もなく足を洗い、尻っぱしょりの裾を下しながら、飯倉の仙五郎が腰をかがめて入って来た。東吾の背後にいるおすずをみて、ほっとしたような顔をする。

「やっぱり、若先生のお世話になっていたようで……」

改めて、東吾とるいに挨拶をした。

「実は、方月館の善助さんが参りまして、おすずが若先生にお目にかかるには、どこへ

行ったらよいかと訊くので、たいした考えもなく、大川端のこちらさんのことを申したようでございます。そのあとでおとせさんが広尾の柳屋へ行って、おすずが家出をしたときいて参りまして、こいつは若先生に御迷惑をおかけしているんじゃねえかと思いまして、あっしが出て参りましたんで……」

「おすず……」

東吾が、苦笑した。

「お前、家出して来たのか」

おすずがうつむいた。

「家にいたくなかったからです」

「何故だ」

「あたし、江戸で奉公したいと思います。お願いですから、働く先をみつけて下さい」

仙五郎がなにかいいかけるのを東吾が制した。思いつめている娘へ、明るくいった。

「わかった。俺はお前に、なにかあったら力になると約束したのを忘れてはいない。俺が仙五郎親分と話をするから、お前は自分の部屋へ行っているといい」

おすずが東吾をみつめ、安心したように頭を下げた。

「どうぞ、よろしくお願いします」

案外、素直に部屋を出て行った。

「どうも、とんだおさわがせを致しまして」

おすずの足音の遠ざかるのを待って、仙五郎が話し出した。

「若先生は、おすずの母親のことは御存じでございましょうか」

「男が出来て、家を出て行ったときいたが」

「へえ、もう十年も昔のことになりますが、おもんと申しまして、菓子職人の女房にはちょっと惜しいような器量だったんですが……」

どちらかといえば派手な顔立ちで、広尾界隈ではよくも悪くも目立つ女だったと仙五郎はいった。

「高輪の料理屋へ手伝いに行って、男が出来たそうだな」

「左様で……御存じとは思いますが、昔っから、高輪、品川では二十六夜の月見が名物でございまして、品川の娼家では二十六夜を大縁日として、お客の人気を呼んで居ります」

仙五郎がいうように、品川には吉原に匹敵するほどの娼家があったが、いわゆる廓《くるわ》の体裁をとらず、表むきは旅籠《はたご》屋といった恰好で娼妓をおいていた。

なにしろ、東海道で最初の宿場町でもあるから、平素から人の往来も多く、娼家の繁昌も吉原以上といわれていたが、とりわけ、二十六夜の月見には、海上遥かに月の上るのをみるのが格別ということで、江戸からの客が芸者や太鼓持までひきつれて乗り込んで来るという有様で、それはすぐ近くの高輪も全く同じであった。

品川と違って、高輪は娼妓も居ないし、芸者の数が足らない。それで、高輪の料理屋では、この月見の夜のために、一夜芸者と称して素人の女を酒席に出す習慣が出来、それが亦《また》、酔客の評判になっていた。

おすずの母親のおもんは、その高輪の一夜芸者にやとわれて行って、客と間違いを起した。

「一夜芸者の一夜限りのことなら、まだ口をぬぐってごま化しも出来たんでしょうが、相手の男もおもんに夢中になり、おもんも熱を上げて、とうとう手に手をとってかけおちというんですか、ともかく、おもんは二度と広尾へ帰って参りませんでした」

噂では、相手の男は小田原の大工だということで、

「そっちで一緒に暮しているんじゃねえかと聞いて居りました」

と仙五郎はいった。

「随分、ひどい女じゃありませんか」

早速、口を出したのは、はるばる飯倉からやってきた仙五郎のために、酒の用意をして来たお吉で、

「御亭主も、そんな女房はとっとと離縁して、新しい後添えさんでももらったらいいのに」

という。

「へえ、ですが、弥助というのは地味な男でござんして、一つには娘のためにと思ったんでしょうか、おもんのことはそのままにして、男手一つでおすずを育てて来たわけで

すが、その女房が二日前に、ひょっこり帰って来たんです」

「なんだと……」

仙五郎のお相伴のつもりで盃を取り上げた東吾が少しばかり大きな声を出した。

「十年も音沙汰なしで、いきなり帰ってきたのか」

「そのようで……」

「弥助さんって人は、おかみさんをすんなり家へ入れたんですか」

とるい。

「すんなりってことはねえでしょうが、別に追い出したりはしなかったようで……。どうも、おすずはそれに腹を立てて、家をとび出したようでございます」

「そりゃ当り前ですよ」

仙五郎に酌をしてやっていたお吉が、忽《たちま》ちおすずの肩を持った。

「十かそこいらで、お袋さんがかけおちして、世間はさぞかし陰口を叩いたろうし、お父つぁんと二人で、寂しい思いもしただろうと思いますよ。今更、はい、只今といわれたって、お帰りなさいって気持にゃなれないでしょう」

東吾が仙五郎に訊いた。

「おすずが家を出たことについて、父親の弥助はどういっているのだ」

「仰天致しまして、あっしがこちらへ参るといいましたところ、一緒につれて行ってくれと頼まれたんですが、こういうことは他人のほうがかえって話がこじれないからと、とりあえず、あっし一人でやって来ました」

仙五郎としては、なるべくなら、おすずを父親の許《もと》へつれて帰りたいといった。

「弥助は、娘と別れて暮す気はねえと泣いて居りましたんで……」

「そいつを、おすずに話してみるんだな」

再び、おすずが呼ばれて来た。

仙五郎が言葉を尽して広尾へ帰るように勧めたが、おすずはうんといわない。

で、東吾がいった。

「お前にしてみれば、腹も立とう、許せねえ気持もわかる。しかし、夫婦のことは夫婦で決めるものだ。娘であっても口出しをしてはいけない」

おすずが、低いが力のこもった声でいった。

「口出しはしません。若先生がおっしゃるように、夫婦のことは夫婦で決めてもらいたいと思ったから家を出て来たんです」

「しかし、お前が家を出たら、弥助の気持も、おもんの気持もたまるまい」

「それは関係ありません。普通でいったら、あたしの年齢ならば、とっくに嫁入りして家を出ているんです。嫁きそびれて、家にいるばっかりに、お父つぁんやおっ母さんの邪魔になってはいけないと思って出たんですから。どうか、そこのところを若先生からお父つぁんに話して下さい」

「弱ったなあ」

といい出した。
だが、おすずの決心が変りそうもないのをみると、東吾は仙五郎と一緒に広尾へ行く
「何度もいうようだが、俺は鈴虫松虫をあの娘からもらった時、なにかあったら力にな
ると約束しているんだ。約束は守らなけりゃなるまい」
おすずを「かわせみ」であずかってくれといい、東吾は仙五郎と共に八丁堀から広尾
へ向った。
柳屋へ寄ってみると、弥助は今しがた、方月館へ行くといって店を出たという。
「おすずさんのことが心配で、今日は仕事が手につかないようでした。それで、方月館
へ行けば、なにかわかるかも知れないといって……」
柳屋の奉公人の話では、昼飯も咽喉《のど》を通らないほど、弥助は娘を案じていたという。
仙五郎を方月館へやって、東吾は一人で弥助の家へ行った。
もう日が暮れているというのに、家の中には行燈《あんどん》もともっていない。
入口からのぞいてみると、一人の女がぼんやり土間に腰をかけているのがみえた。
「お前が、おもんか」
方月館の神林東吾だと名乗ると、おもんは薄暗い中で、かすかに笑った。
「おすずが頼りにしている先生ですか」
しゃがれた声でいった。たしかに目鼻立ちの派手な顔で、十年前はさぞかし美人だっ
たろうと思われた。四十そこそこだろうが、まだ、色気のある体つきをしている。

「こんな暗い中で、なにを考えていたんだ」

おもんの傍へは寄らず、突っ立ったまま、東吾は訊いた。

土間に続く台所は竈《かまど》に鍋も釜もかかっていない。時刻からいって、女房なら、とっくに夕飯の仕度に忙しく立ち働いていなければならない筈である。

「帰って来なけりゃよかったのかと思っていましたのさ」

投げやりな調子であった。

「どうして帰って来たんだ。小田原の男とは別れたのか」

「死んだんですよ」

抑揚のない声が続けた。

「仲間と喧嘩をして、なぐり合いをしたんです。打たれどころが悪かったって、お医者はいってました」

「それで、亭主や娘が恋しくなったのか」

おもんが、ふふんと笑った。

「生まれ故郷ですからねえ。ここは……」

「親兄弟はいるのか」

「親はとっくに死にました。あたしは一人っ子……」

それっきり、黙り込んだ。

東吾が入って来た時、いったんやんだ虫の声が、俄《にわ》かに土間のすみから沸き起った。

おもんは虫の声を聞いていたのかと思い、東吾はそっと家を出た。

方月館へ行ってみると、弥助が板の間で仙五郎の話をきいている。東吾をみると両手を突いて深く頭を下げた。

「このたびは、娘がとんだ御厄介をおかけ申しまして……」

傍からおとせが心配そうに訊いた。

「おすずさん、江戸で奉公したいといっていらっしゃるとか」

仙五郎は今までその話をしていたらしい。

「夫婦のことは夫婦で決めてくれといっていたが……」

おもんとよりを戻す気があるなら、それもいいではないかと東吾はいった。

「おもんにとって、広尾は生まれ故郷だそうだし、もしも、お前が女房を許す気があればそれはそれでいいと思う」

弥助が頭を垂れたまま、答えた。

「手前はおもんに未練があるわけではございません。正直の所、よりを戻したとしても、以前のようにやって行けるかどうか、自信もございません」

ただ、と大きく息を継いでつけ加えた。

「おもんはおすずの母親でございます。手前がおもんを家から追い出して、さきゆき、おもんが年老いて野垂れ死にでもするようなことになったら、娘がかわいそうでございます。それを考えますと、どうしたものかと……」

初老の男の眉間《みけん》に苦渋の皺《しわ》が寄っていた。

「娘を奉公に出して、夫婦だけで暮す気はないのか」

「ございません。どうしても、おすずが母親と暮したくないと申しますのなら、手前は娘と暮します」

明日にでも、娘を迎えに大川端の「かわせみ」へ行くといった。

「どうも困った連中でございますな。内輪のことで、若先生に御迷惑をおかけして……」

弥助が帰ったあとで、善助がぼやいたが、東吾にしても途方に暮れる思いであった。

おすずは夫婦のことは夫婦で解決してくれ、自分は他へ奉公に出るといっているが、実の父親がどうしても娘を迎えに行くといえば、いけないともいいかねた。

「身から出た錆《さび》とでも申しますのか、仕方がないとは思いますけれど、おもんさんという人もかわいそうな気が致します」

今夜は方月館へ泊る東吾のために、夕餉《ゆうげ》の膳をととのえながら、おとせがいった。

「実の娘さんからは嫌われるし、御亭主にしたって女房より娘を取るとはっきりいっているんですし……」

女として、これ以上、みじめなことはあるまいと、同じ女だけにおとせはおもんの気持を思いやっている。

「俺は子供がないのでよくわからないが、自分の女房が野垂れ死にしたら、娘がかわいそうというのは、どういうことだ」

おとせが笑った。

「それはそうでございますよ、もし、おもんさんがあの家を追い出されて、やがて年老いて行き倒れにでもなったら、やっぱり、おすずさんが世間から非難されますもの」

母親を家に入れなかった娘のせいで、おもんが寂しく死んで行ったということになる。

「第一、世間がなにもいわなかったとしても、その時、一番、つらい思いをするのはおすずさんだと思います」

「成程、父親はそんな先まで心配しているのか」

「親心でございます。自分はどんなふうにいわれてもかまわないけれども、我が子だけは少しでも苦しい思いをさせまい、人様から後指をさされるようなことはするまい。どの親の思いも同じだと思います」

正吉が自分のお膳を東吾のに並べてすわったので、その話はそこで終りになった。

三

翌日、東吾は弥助を伴って大川端へ行った。

帳場で嘉助に訊くと、おすずは川っぷちにいるという。

弥助を帳場に待たせておいて、東吾は「かわせみ」の庭から大川の土手へ上って行った。

川風に着物の裾を嬲《なぶ》らせたまま、おすずは大川を眺めていた。東吾の足音でふりむいてにこりと笑う。

「お前のお父つぁんとおっ母さんに会って来た。二人とも寂しそうだったよ」

並んで大川をむいた。

「夫婦のことは夫婦で決めろとお前はいったが、それは子供のない夫婦のことだ。一人でも子供があったら、夫婦のことでも夫婦だけでは解決が出来ない。子供を抜きにしては考えられないものらしいからな」

おすずが足の先で小石を蹴った。小石がころげて川へ落ちる。

「弥助は女房には未練がないといい切った。もし、お前が家に帰らなければ、自分は女房とではなく、お前と暮すといっている。帰って来たおもんを追い出さなかったのは、もし、さきゆき、おもんが路頭に迷うことがあっては、娘のお前の気持がかわいそうだと思ったからだそうだ。娘の母親を野垂れ死にさせることは出来ないと、弥助は考えている」

小石を蹴るのをやめたおすずの横顔を眺めた。きゅっと唇を結び、おすずは睨《にら》むように大川をみつめている。

「暫《しばら》くでもいい、三人で暮すことは無理か。形だけでいいんだ。両親と娘と……せめて優しい顔をみせてやって……」

「心にもないことを……あたしに芝居をしろっておっしゃるんですか」

「芝居でもいい。それで、もし、お前の両親の気持が、束の間でも救われるなら……娘として、してやってもいいと俺は思った」

おすずが肩の力を抜いた。

「娘として、ですか」

「そうだ」

「娘って、随分、かわいそうなものですね」

「親も、かわいそうなんだ」

大川を物売り舟が下って来た。

大根や青菜を入れた籠の上に、尾花の束がのっている。

「あたし、本当は広尾から他の土地に行きたかったんです」

土手にしゃがんで、おすずがいった。

「名主様の作業場で働いていて、あたしは一番、年かさなんです。毎年、若い人が機織りを習いにやって来て、そこで知り合った若い衆と親しくなって、名主様が仲人をして下さる。そういうのをずっとみて来ました。いつも、みているばっかりです。別にひがむつもりはありません。でも、だんだん、自分がいやな女になるみたいな気がして……」

「そんなことはない。お前はいい女だ。そいつは俺が保証してやる」

おすずがくすくす笑い出した。

「若先生が保証して下さっても、なんにもなりゃあしません」

「そんなことはない。いい女に必ずしもいい縁談が来るとは思わないが、人生、縁談だけが生きる張合でもなかろう」

「でも、お嫁に行きたいですよ」

おすずが明るい声を出した。

「やっぱり、行きたい」

「その中、俺がいいのをみつけてやる」

「あてにしないで待ちます」

すっと立ち上った。

「あたし、帰ります。とにかく、広尾へ帰って、せい一杯、いい娘の芝居をします」

「かわせみ」の庭へ下りかけたおすずの背に、東吾がいった。

「弥助が、帳場で待っているぞ」

ぎくりと足を止め、それからおすずは一目散に「かわせみ」へ走って行った。


その月が終って、すっかり秋らしくなった狸穴に、東吾が月稽古に出かけて行くと、

「若先生、御存じですか、おもんさんが又、家を出て行ってしまったことを……」

おとせが眉をひそめるようにして告げた。

「おもんが家出をした……」

「別に喧嘩をしたわけでもないし、おすずさんは一生けんめい、おっ母さんに尽していたって弥助さんが口惜《くや》しそうにいってました」

「で、どこへ行ったんだ」

「名主様のところへ、おもんさんが行って、どうにも落ちつかないので、他の土地へ行って働いて暮すっていったそうです」

行き先は名主にも告げなかったという。

「ちょっと、おすずの様子をみてくる」

草鞋《わらじ》の紐を解く前にと出かけて行こうとする東吾に、善助が教えた。

「おすずさんは名主の家の作業場へ行かないで、自分の家で機織りをしているようで……」

広尾の、小さな家からは機を織る音が聞えていた。

入って来た東吾をみると、おすずは泣き顔になった。

「出て行っちゃったんです。おっ母さん」

「お前のせいじゃないさ。当人が落ちつかないっていうんじゃ仕方がない」

おすずが機の手を止めると、家の中がひっそりした。

「そうか、虫の音がしなくなったんだな」

「今年はもう終りです。また、来年……」

紙をかぶせてある壺を、おすずがみた。

「おっ母さんたら、ここを出て行く時、あたしに内証で何匹か松虫や鈴虫を籠に入れて持って行ったみたいなんですよ」

持って行っても、もう啼かないのに、といった口調にも哀しみがあった。

「おもんも、虫の音が好きなんだろう。この前、ここへ来た時も、虫の音を聞いていた」

所在なく土間に腰かけて虫の声を聞いていた女の姿が、東吾の瞼《まぶた》に残っている。

「ひょっとすると、来年、おもんはここへ来るかも知れないぞ。虫をもらいにな」

おすずが、声を出さずに笑った。

「そしたら、また、あげます」

家の中がしんとして、外を秋風が吹き抜けて行った。

忠三郎転生《ちゅうざぶろうてんせい》

一

　神林東吾が雨の中を、本所の一ッ目之橋の袂まで来た時、前方から二人伴《づ》れの男が来た。

　あいにくの吹き降りで、男達は傘を東吾のほうへやや傾けて雨を防いでいるので、その顔は、みえなかったのだが、すれ違った瞬間に東吾は一人の男が自分に或る意識を持ったような気がした。

　反射的にふりむいてみたのだが、二人の男はそれまでと全く変りのない歩きっぷりで、高下駄に泥はねを上げながら両国橋の方角へ去って行く。格別、なんということもない後姿であった。

　自分の気の迷いかと、東吾は内心、苦笑しながら、竪川に沿って本所の麻生源右衛門の屋敷へ向った。

勝手のわかっている家のことで、門をくぐって内玄関から声をかけると、用人の大久保新蔵が出て来たが、東吾をみて慌てて奥へ知らせに行った。

「まあ、こんな天気にようこそ……」

いそいそと七重が出迎え、用人がすすぎの水を汲んで来て、東吾は汚れた足を洗い、合羽《かっぱ》を脱いだ。

「いつもの加賀の銘酒が届いたんだ。兄上が義父上《ちちうえ》に持って行けといわれるのでね」

式台においたのを目で示した。

「申しわけございません。お使を頂けば、私共から参りましたのに……」

町奉行所というところは、大名家からのつけ届けが多かった。大方がその地方の名産で、殊に酒は各地から自慢のものが贈られて来る。それらは奉行所で働く者に順次、分けられるのだが、神林通之進はあまり酒をたしなまないので、そのまま出入りの者に下げ渡されることが多かった。だが、加賀の酒だけは麻生源右衛門が好むので、それが手に入ると必ず、東吾が本所の麻生家へ届けに行く。

今日も、義姉の香苗が、雨がやんでからにするようにと再三、制したのに、東吾は屋敷を抜け出すいい口実だとばかりに、さっさと雨仕度をして八丁堀を出かけて来た。

居間には炉が開けてあって、そこに茶釜が懸けてある。

片すみの小机の上には、今しがた七重がそこにおいたという感じで煎じ薬の包がのせてあった。

「天野様が、お届け下さいましたの。長崎から良い薬を入手なさったとかで……」

「宗太郎が来たのか」

東吾にとっては、なつかしい顔であった。

このところ、少々、会っていない。

「弟の宗二郎様とおっしゃるお方が、この近くに用事があったついでにと、お寄り下さったのですけれど……」

語尾を、ふっと口ごもって、七重は茶釜の前へすわって茶の仕度をはじめた。

「天野宗太郎に弟なんぞいたのか」

つき合いはじめてから、かなりの歳月が経っているし、親友といってよい心の許し方をしている相手だったが、東吾は性分であまり相手の一身上について根掘り葉掘り訊ねることをしないから、彼についての知識といえば、御典医の天野宗伯の悴で、まだ独り者というくらいのものであった。

「宗二郎様と宗三郎様と、お二人いらっしゃるそうですよ。宗二郎様は母方の今大路成徳様へ御養子にいらっしゃっているとか、いつぞや、宗太郎様が父にお話しなすっておでになりました」

「今大路成徳どのといえば、典薬頭《てんやくのかみ》ではないか」

流石に、東吾が唖然とした。

徳川将軍の奥医師は十数名いるが、その最上位に位するのが典薬頭で、半井家と今大路家が世襲となっている。

今大路家は千二百石高で従五位下《じゅごいのげ》と決っていた。

「あいつ、とぼけた顔をしていて、けっこう名門の生まれなんだな」

菓子を食べ、茶を一服して、東吾が笑った。

なにが理由だったのかは聞き洩らしたが、父親に勘当されて、長崎に遊学し、江戸へ戻って来た時は、寒井千種と名乗って「かわせみ」に投宿し、それが機縁で東吾と親しくなった。

若いのに、どこか飄々《ひょうひょう》として、苦労人のところもあり、東吾にとっては気のおけない友人であった。

「父も、そう申して居りました。名流にお育ちなのに、ざっくばらんで、お気持が優しくて、東吾様によく似ていると……」

「俺は与力の次男坊だから、名門とは程遠いさ」

町方与力は代々、二百石であった。禄高からすると旗本並みだが、お目見得以下の身分とされているのは、罪人を扱うためで、その故に不浄役人などといわれる。

もっとも、代々の習慣で諸大名が参府、或いは帰国する度に、奉行所への挨拶として自国の名産と共に、金一封が贈られるので、それが与力一人当りに年間三十両にもなるといわれ、内福ではあった。

「そう申せば、義父上は千三百石であったな」

麻生源右衛門は、目付役であった。目付役の職禄が千石で、代々の家禄が三百石だから合せて千三百石になる。

「ぼつぼつ、この家も養子を迎えねばならんぞ。義父上とて、いつまでもお元気とはいえないからな」

実際、この夏、倒れて以来、髪に白いものが目立ち出した。

「私も、そう思って居りますの」

珍しく、七重は素直に応じた。いつもなら、なんとなくはぐらかしてしまうところである。

で、東吾は不安になって訊いた。

「義父上の御病気は本復したと聞いたが、そうではなかったのか」

「天野様がおっしゃいましたの。人間は五十をすぎたら、あまり激務を続けてはいけない。無理がきくのは五十までのことだと……」

「義父上は、おいくつになられた」

「還暦を越えて二年でございます」

「もう、そんなか」

歓声が出たのは、この麻生家が養子をとらないのは、自分のせいだと承知しているからで、なんとなく七重の横顔を盗み見る。

「あの長崎の薬は、なんに効くんだ」

「ひどく疲れたような時に、さし上げるようにと、天野様が……」

「あいかわらず、御用繁多か」

「なにも申しませんが、疲れている時は食が進みませんので……」

そこで、七重は話を変えようとした。

「お義兄《にい》様もおいそがしくていらっしゃいますのでしょう」

この娘はいつもそうだと東吾は思っていた。

話が重苦しくなると、いそいで方向転換をする。その心遣いを、東吾も無にするようなことはしなかった。

「俺も、けっこういそがしいんだ」

「あら、東吾様が……」

「笑うなよ。次男坊だって、のらくらもしていられないさ」

「捕物のお手伝いですか」

「いやな盗賊が跳梁《ちょうりょう》しやがってるんだ」

ここの屋敷も気をつけろといった。

「病人のある家がねらわれるんだ」

例えば、病人が向島などの別宅で療養しているような富豪の本宅に夜更け、使がくる。

「誰それが急に具合が悪くなって医者を呼んだところ、明け方まで保《も》たないといわれたなぞといって、主だった者がとび出して行くのをみすまして押し込むんだ」

もう一つ、この盗賊の怖ろしいところは、金を盗むだけではなく、家にいるすべての人を殺して去る点であった。

「およそ、手むかいをしそうもない女子供まで、一人残らず斬られているんだ」

七重が眉をひそめた。

「どうして、そのような」

「源さんは、顔をみられては困る奴が、一味の中にいるんじゃねえかといっているんだが」

なんにしても、三歳の子供にまでとどめを刺して行く非道さは、普通ではないと東吾はいった。

「今日も、これから源さんと会う約束があるんだ」

半刻ばかりで、そそくさと帰って行く東吾を、七重はいつもと同じように見送った。東吾が畝源三郎と会う場所は、おそらく「かわせみ」だろうと見当がつく。そのことをもう、嫉《ねた》ましいと思う気持は越えていた。

子供の時から、ひたすら好きだった、その人を思い切る時期が、自分に今、来ているのを七重は感じている。そのことを、いつ、東吾に、どんな形で告げたらよいのか。

雨の中を大股に遠ざかって行く東吾の後姿が、或る人になんとなく似ているのを、七重は甘酸っぱい思いで眺めていた。

二

これから源さんに会うといったのは、嘘ではなかった。

麻生家へ行く途中、永代橋の袂《たもと》で長助に出会った時、ことづけておいたものである。

で、「かわせみ」に着いて、るいの部屋でくつろいでいると、

「畝様が長助親分とおみえになりました」

嘉助が自分で取り次いで来た。

「雨の中を、さぞ、難儀なことでございましたでしょう」

るいが出て行って、お吉ともども、すすぎの世話を焼いて、やがて二人を伴って戻って来た。

部屋はよく温まって、鉄瓶が湯気を立てている。品の良い友禅の炬燵布団が如何にも冬の雰囲気であった。

「俺も今しがた、着いたところなんだ。かまわないから、二人とも、炬燵に入れ。今日は滅法、底冷えがするな」

東吾がいい、源三郎はさしむかいに膝を入れたが、長助は律義に座布団にもすわらない。

「こんな日には、お腹の中からあったためるのが一番ですから……」

お吉が熱燗《あつかん》を運んで来て、長助には大きな茶碗で勧めた。

「その後、例の奴はどうだ」

先に盃を干して東吾が訊き、源三郎が眉間に皺を寄せた。

「昨夜、また、やられました」

本所の林芳春といい、

「奥坊主の屋敷でして……」

奥坊主というのは、いってみれば将軍の給仕人であった。将軍に対して、諸役人や大名から幕閣へ上申する文書の取り次ぎをしたり、こまごまとした雑用に当るので、役得が多かった。つまり何代か、同じ職にあるとかなりの財を成す。

「林芳春どのは、この夏から病んで居られたそうです」

すでに昨年の春に隠居願いを出して、息子の芳明が奥勤めに出仕して居り、そちらも同じ本所の石原町に屋敷を持っている。

「襲われたのは、芳春のほうか」

「左様です」

「なんといって、表を開けさせたのだ」

「それはわかりません。なにしろ、一人残らず殺されて居りまして……」

もっとも、林芳明の家は奉公人が少いと源三郎がいった。

「隠居ということもあって、奥方と女中二人、それに門番だけでして……」

芳春を含めて五人が、斬殺されていた。

そうです「近所隣は気がつかなかったのか」」

「右隣の石村と申す旗本の家で、かなり夜更けに林どのの屋敷の門を叩く音を聞いたそうですが、また、芳春どのの具合が悪くなって医者がかけつけて来たのかと思っていたそうです」

「芳春の病気はなんだ」

「喘息《ぜんそく》だそうで、発作を起して夜中に医者を呼ぶことが珍しくなかったといいます」

「ですが……」

口をはさんだのは嘉助で、

「奥坊主とおっしゃるからには、お上から御禄を頂いているわけで、町方の御支配ではなかろうと存じますが……」

「たしかに、支配違いなのだが……賊の手口からして、この程、町方を荒らしている盗賊の仕事ということで、お奉行のほうに廻って来たそうです」

つまりは、町方のほうで盗賊を検挙しろということであった。

「それで、源さんにお鉢が廻って来たわけか」

町方同心の中でも要領の良い連中は、こうした捜査を敬遠しがちであった。

奥坊主などという種類の人間は権高で不浄役人などは人並みに考えていない。まず、さんざん不快な思いをさせられた上に、なにをいわれるか知れたものではないと誰しもが承知しているからであった。

「それで、源さんは林芳明に会ったのか」

殺された芳春の息子である。

「明日、午《ひる》より前なら会ってくれるそうでして……」

長助が東吾の顔をみた。

「若先生、なんとか旦那にお力添えをお願い申します。この一件、早いところ埒《らち》をあけねえことには、畝の旦那のお顔にかかわります」

源三郎が苦笑した。

「手前の顔など、どうでもよいのですが、一刻も早く賊を捕えぬことには、罪のない人々が命を失います」

「そりゃあそうだ。明日、本所へ行く前に寄ってくれ。源さんの小者とでもいうことにして、ついて行こう」

長助は、ほっとしたように頭を下げたが、源三郎はちょっとつらそうな表情をした。

「東吾さんのお智恵は是非とも拝借したいところですが、いやな思いをおさせするかも知れません」

さわやかに東吾が笑った。

「なあに、こうみえても神経はけっこう鈍いほうだから心配するな。ふんぞりかえりたい奴には思いきり、ふんぞりかえらせておくもんだ」

お吉が慌てたように立ち上って、熱い田楽を運んで来、ほどほどの酒と肴で温まった源三郎は長助をうながして帰って行った。

「畝様は、余程、いやな思いをなさったのでしょうか」

二人になった部屋で、るいがそっといった。

「まあ、主人が横柄《おうへい》だと、家来も横柄なものだからな」

「でも、畝様のお仕事は盗賊を捕え、世の中を安らかにするものでございますのに……」

「そう思ってくれる奴はありがたいが、大方は、この世に賊がはびこるのは町方の役人共が間抜けだからと考えているさ」

罪人を扱う故に不浄役人と呼ばれ、お目見得以下の地位に甘んじていなければならない。

だが、東吾はそれ以上はいわず、戸の外の雨の音に耳をすました。

翌日、畝源三郎が「かわせみ」に寄った時、東吾はもう身仕度をして帳場に出ていた。

肩を並べて永代橋を渡ると、そこに長助が若い者を伴って待っている。

訪ねて行ったのは惨劇のあった林芳春の屋敷で、昨日一日かかって内外を拭き清めたらしく、立派な通夜の用意が出来ている。

畝源三郎に対して、林芳明の用人はあまりいい顔はしなかったが、裏庭を通って奥の茶室へ案内した。

そこからみると築山と池のある立派な庭には巨石がいい具合に配置されている。

半刻ほど待たされて、林芳明が来た。三十前後、痩せぎすで神経質そうな男であった。形通りにくやみを述べて、源三郎が訊ねたのは事件の当夜のことであった。

「曲者《くせもの》は御当家の門を叩いて、開けさせてから侵入したように存じますが、仮に夜更けに何者かが戸を叩いたとして、容易に御門番が戸を開けると思われますか」

芳明が苦い顔で答えた。

「当家の門番は、相手かまわず開門などはせぬ」

「すると、どなたならば門を開けましょうか」

「親類、知人……」

「そのようなお方が、夜更けに訪ねられることがございますか」

芳明が黙り、源三郎が続けた。

「仮に医者なら、如何《いかが》でございます。聞き及ぶところ、芳春様には喘息をお患いとか、夜分遅くに、医者をお呼びなさることは……」

「それはある」

「いつも、かかりつけのお医師はどなた様でございますか」

「御典医の大川参斉様だが……」

そのあと、源三郎が訊ねたのは、盗賊が盗みとった金についてであった。

林家の被害は黄金およそ三千両であった。芳春はそれを唐金《からかね》の壺に貯えてあったのだが、賊は壺から黄金のみを取り出して持ち去っていた。

か」

「……その唐金の壺に黄金を収められていることは、どなたが御承知でございました

家中の者はみんな知っていたという返事であった。

源三郎がちらと東吾をみ、東吾がうなずいた。

「お手間をとらせました。御教示ありがとう存じます」

神妙に源三郎が腰を上げ、芳明がいった。

「すみやかに賊を捕え、三千両を取り返すように、さもなくば上様のお傍《そば》近くへ申し上げる」

東吾が真面目くさっていった。

「御当家が三千両もの黄金を貯えてお出でだったと聞かれたら、上様にはさぞかしお驚き遊ばすことでしょうな」

芳明がぐっとつまったのを尻目に二人はさっさと茶室を出て、裏庭から屋敷の外へ抜けた。

「東吾さんも度胸がいいですな。手前はどきりとしましたが……」

源三郎が笑い、東吾が照れた。

「つまらねえところで、上様を持ち出すからさ」

「少々、溜飲《りゅういん》が下りましたよ」

「よけいなことをいったものだ。源さんの仕事がやりにくくなるかも知れねえな」

「なに、もう聞くだけのことは聞きましたから……」

待っていた長助と共に深川のほうへ歩き出して、東吾が足を止めた。

「どうも、医者だな」

この盗賊には医者が絡んでいるというのが東吾の考えであった。

「俺は、ちょいと、番町まで行って来る」

三

番町の天野宗伯の屋敷を訪ねてみると、宗太郎は例によって縁側へ薬草を並べて、しきりに乾き具合などをみていたが、東吾の顔をみると、眩《まぶ》しそうな目をして、

「なんです、今日は……」

といった。

「捕物のことで、訊きに来たんだが……」

昨日の天気にくらべて、今日は冬とも思えない陽ざしがこの縁側にも射している。

「医者は患家を夜更けに見舞うことはあるのか」

宗太郎が首をかしげた。

「俄かに具合が悪くなったと知らせが来れば、真夜中でも出かけるでしょう」

「そうではなくて、医者が自分から不意に訪ねて行くんだ。但し、その患者は喘息持ちで、なにかにつけて医者の厄介になっている」

「患者の身分は……」

「奥坊主さ」

「林芳春のことですか」

「知っているのか」

「さっき、弟が参って父に話をして行きました。一昨日の夜、賊が入って皆殺しに遭ったとか」

「すると、おぬしは大川参斉を知っているのか」

「手前はあまり知りませんが、弟は存じているようです」

今大路家へ養子に行っている宗二郎だといった。

「すると、この前、麻生の家へ薬を届けてくれた……」

「もう、お耳に入っているんですか」

「なに、あのあと、俺も麻生家へ酒を届けに行ったんだ」

縁側へ腰をかけると、宗太郎が自分で茶をいれた。

例によって煎じ薬のような味のする茶である。

「林芳春の所へ、大川参斉が夜中、訪ねて行く可能性はありますよ」

茶の苦さに顔をしかめている東吾へ宗太郎がいった。

「大川参斉は御典医の中では、滅法、まめなようですし、本所に患家を何軒か持っているそうですから、この近くまで来たので、ちょっとお具合をうかがいに来たなどというのを喜ぶ患家には、夜更けていようと声をかけるでしょう。それも考えようによっては、上手な金儲けの方法であり、世渡りのようですから……」

「おぬしも、けっこう口が悪いな」

「大川参斉にお会いになるのなら、宗二郎が便利です。なにしろ、参斉は今大路成徳の門弟ですから……」

「その前に、宗二郎どのにひき合せてくれないか」

「お安いことです。弟は江戸川の近くにある今大路家の薬園へ参りましたので、これからそちらへ案内しましょう」

宗太郎が気軽く腰を上げ、東吾は茶を飲み干して、その後に続いた。

番町の侍屋敷を抜けて、冬空の下、道のすみの日かげになったところには溶けそこねた霜柱が泥にまみれている。

「東吾さんには、私の家族の話をしたことがなかったようですね」

歩きながら、宗太郎がいい出した。

「七重から聞いて驚いたよ。典薬頭が母方のじいさんとは、えらく毛並のいい医者だったんだな」

今大路成徳の娘が母親なら、宗太郎は典薬頭の孫に当る。

「私の母は二人いまして、生母は今大路成徳の上の娘に当り、浜路と申すのです。ただ、手前が幼少の時、病歿しまして、そのあと、亡母の妹に当る糸路というのが後妻に来ました。手前にとっては養母で、二人の弟はその母の息子なのです」

東吾は正面をむいたまま、宗太郎の話を聞いていた。なんの屈託もなさそうなこの男の家庭の事情が、案外、複雑なのは少々、意外な気もする。

「今大路家は娘二人しか子供が居りませんので、我々の兄弟の中から一人が養子に参って今大路を継ぐことになっていまして、それで弟の宗二郎が行きました」

「天野家はおぬしが継ぐのだろう」

総領である。

「父は、そのつもりでいるようですが、私としては、末の弟に継いでもらいたいと思っているのです」

「理由は……義理の母上に対する遠慮か」

「多少は、そういった気持もないわけではありませんが、正直に申すと、好きな相手が一人娘なのです」

「ほう」

「出来れば、養子に行きたいと思っています」

「先方は承知なのか」

「いや、まだです」

「しかし、相思相愛という奴なのだろう」

宗太郎が歩いている足許に視線を落した。

「それが、そうでもないようで……」

「おぬしの片想いか」

「かも知れません」

「あきれた奴だな。肝腎かなめの相手の気持もわからずに養子に行きたいとは、いささか乱暴ではないか」

つい、東吾は宗太郎を眺めて破顔した。宗太郎のほうは肩で大きな息をついている。

「そのことで、一度、東吾さんに相談したいと思っていたのです」

「いいとも、いつでも相談に乗ってやる」

それで、ふと思い出した。

「そういえば、この夏、おぬしが俺に訊きたいことがあるといっていたな」

麻生源右衛門が病気で倒れて、宗太郎の手当てを受けていた頃のことであった。

「あれは、いったい、なんだったんだ」

宗太郎が又、大きな息をついて、前方を眺めた。

坂のむこうに、広い原がみえている。その先のこんもりしたあたりは高田の森かと東吾も、そっちを眺めた。

「あそこに農家のような藁葺屋根のみえる一角が今大路家の薬園です」

さまざまの薬草を栽培して常備しているといった。

坂を下ると、もう、そこに門がある。黒木の素朴な門だが、番人が立っていて、宗太郎をみると頭を下げた。

「宗二郎が参っているだろう」

「はい、おみえになって居られます」

宗太郎が先に立って、門からの道をたどって行くと母屋に出る。そこで働いている男達が、やはり、丁寧に挨拶をした。

宗二郎は畑のほうだといい、呼びに行こうとするのを宗太郎が制した。

「俺が行く。かまわないでくれ」

広い庭のむこうが畑になっていた。ところどころに茶の木が垣根のように畑と畑をへだてている。

宗二郎は茶の垣根のむこうにいた。掘り起した球根のようなものを、しきりに調べている。こっちをみて、笑顔になった。

「兄上」

宗太郎とよく似ているが、年の若い分だけ、世間知らずのようにもみえる。

「神林東吾どのだ。俺がいつも厄介をかけている友人でね」

宗太郎がひき合せ、東吾が苦笑した。

「なに、厄介をかけているのは、私のほうだ。今日も迷惑な頼みをきいてもらったんだ」

東吾をみた宗二郎が、はきはきした口調でいった。

「失礼ですが、昨日、両国橋の近くでお目にかかりませんでしたか」

「両国橋……」

「手前は門弟の岡崎半次郎と一緒でした」

それで思い出した。

「では、あの時の……」

改めて礼をいった。

「麻生家へ薬を届けてもらったとか、かたじけない」

東吾のほうは、あの時、二人の顔をみていなかった。傘で顔がみえなかったものだ。

「弟は一度会った仁の顔を忘れないのが自慢なのですよ」

畑の中にちょっとした板囲いがあった。雨よけの屋根と、中には腰かけのようなのがおいてある。

「畑仕事をする者が弁当をつかうところですが、まあ、おかけ下さい」

宗二郎が勧め、宗太郎をみた。

「ここのほうが、他人の耳を気にせず、よろしいのではありませんか」

東吾が宗二郎に訊いた。

「どうして、我々が内密の用で来たとわかったんだ」

「兄上が畑へ来られたので、多分、そうではないかと思ったのです。それに、以前、兄上が神林どのの話をした時、たしか八丁堀の組屋敷にお住いとか、町奉行所にかかわりのあるお方のようにうかがいましたので……」

宗太郎が嬉しそうに東吾へいった。

「どうですか、弟は手前よりも出来がいいでしょう」

「いや、兄弟そろって勘のいい連中だと感心しているよ」

笑って、東吾は宗二郎へ訊ねた。

「早速だが、大川参斉について少々、教えてもらいたい」

「今大路の父の門弟です。よく勉強はしているのですが、商売も上手なようで」

「林芳春を診《み》ていた筈だが……」

「あれは、父が大川参斉に頼んだのです。気むずかしい患者で、大川参斉のようなまめな医者でないとつとまりません」

「気むずかしいのか、林芳春は……」

「ここだけの話ですが、奥坊主のように御城内では、ひたすら頭を下げるのが仕事の者は、外では我儘になるのではありませんか。殊に自分が金を出している相手には、いいたいことをいう、それが気晴しなのでしょう」

「医者に対しても……」

「そのかわり、大枚の薬代を払うのではありませんか」

「奥坊主というのは、随分と実入りのよいものらしいな、三千両の黄金を盗まれたのだが……」

「参斉が父に申していましたよ。林芳春は黄金がなによりの好物で、それを貯めるのを生甲斐にしているとか……」

「そんな話を参斉が……」

「ええ、唐金の壺に入れて、寝間の床の間においてあるのだそうです。流石に父は顔をしかめていましたが……」

「参斉のその話を聞いたのは、父上の他には……」

「手前と……そうです。あの時、広間にいたのは内弟子達でしたから……伊東甲斐介と岡崎半次郎、山中友之助」

「その方々は古くからの弟子ですか」

「一番古いのは伊東です、もう十年以上も父の傍に居ります。次が山中友之助で六年ぐらいでしょうか。岡崎半次郎は三年前に水戸から参って、父の門弟になった者です」

「三人の身許は……」

「三人とも、医者の悴です。父親は大方が藩公に仕える身分で……」

「すると、身許はたしかなものですな」

宗太郎が傍からいった。

「まず、典薬頭の内弟子に入る者は、然るべき紹介者がないと無理なようですよ」

「三人共、独り者ですか」

と東吾。

「伊東と山中は独りです。岡崎は水戸に女房がいるそうです」

「みな、或る程度は医学の心得があって、典薬頭どのの内弟子になったのでしょうな」

「一通りの勉強はして参っています。但し、父の代理として患家を廻るのは伊東ぐらいのもので、山中も岡崎も、仕事と申せば、父の処方に従って薬の調合をする程度のものですが……」

内弟子について詳細を知りたければ、明日にでも伊東甲斐介を東吾のところへやるようにすると宗二郎はいった。

「伊東は、手前の母に仕えていた女中の悴です。気心も知れていますので……」

宗太郎が東吾の顔をみていった。

「明日、かわせみへ行かせることにしたら、どうですか。なんなら、私がつれて行きますよ」

「どうも、厄介ばかりかけるな」

やはり、そうしてもらおうと東吾は思った。

大川参斉から林芳春の唐金の壺の黄金の話をきいた三人のことは、一応、調べておきたい。

だが、考えてみれば、参斉がその話をしたのは、なにも今大路家だけではあるまいとも思えた。

で、母屋へ帰りながら、そのことをいうと宗二郎が首を振った。

「いや、参斉はそうあちこちで喋ってはいまいと思います。父が患家の噂をするのはさしひかえよと、その時、参斉に申しました所、他では話していない、つい、内輪なので口が軽くなったと弁解して居りました」

実際、医者は患家へ行って、他の患家の噂をするのは、なにかとさしさわりがあるので注意するものだと、宗二郎はいう。

「参斉とて、それくらいは心得て居りましょう」

そうなると、東吾としては内弟子三人が気になって来る。

母屋へ来ると、宗太郎は東吾を部屋へ残して、宗二郎と出て行った。ここへ来たついでに、もらって行きたい薬草があるという。

一人になって、東吾は開けはなしてある障子のむこうの庭を眺めていた。

白い茶の花がよく咲いている。

音もなく、一人の男が入って来た。大ぶりの筒茶碗を東吾の前へおいて、お辞儀をして出て行った。男の顔を東吾はみた。総髪で鼻下に髭を貯えている。如何にも医者という感じであった。

男が去ってから、筒茶碗を眺めた。普通の茶の色ではなく、黒っぽいようであった。

これも、宗太郎がよく出してくれる薬湯のようなものだろうと思った。あの苦さは一回でいいと東吾は苦笑して茶碗を手にとらなかった。なにに効くのか知らないが、一日に二服も飲まされてたまるものかといった気持であった。

やがて、宗太郎が戻って来た。大きな包を抱えている。

「お待たせしました。東吾さん」

東吾は太刀を取って立ち上った。

筒茶碗は、手つかずの儘、そこに残された。

四

翌日、東吾は畝源三郎を誘って大川端の「かわせみ」で天野宗太郎を待っていたが、やがて使が来て、いささか取り込みがあって今日は来られそうもないと知らせて来た。

「大方、急患でも出たんだろう」

東吾はあまり気にしなかった。一夜明けてみると、どうも大川参斉の話を聞いていたというだけで、今大路家の内弟子を疑うのは、早計だという考えのほうが強くなっていたからである。源三郎も同意見であった。

「医者が事件にかかわり合いがあるのではないかという東吾さんの考えは捨て難いものがありますが、いくらなんでも、典薬頭の内弟子が賊の片棒をかついでいるとは思えません」

「もう一度、洗い直してみるか」

これまで盗賊に入られたのは林芳春を除いて三軒であった。

いずれも、別宅に病人があり、その病人の具合が怪訝《おか》しくなったと夜更けに知らされて戸を開けている。

「最初は音羽小日向台の地主の佐藤庄兵衛宅でして、隠居所が雑司ヶ谷鬼子母神に近いところにあるのですが……」

使は隠居所の老母が倒れたといって来たという。で、佐藤庄兵衛夫婦が下男を伴《つ》れて出かけたあとに盗賊が入って、留守番の女中を殺して用箪笥から二百五十両を奪い去っている。

「二人目は本郷菊坂の象嵌《ぞうがん》細工商で大奥御用を承る老舗《しにせ》です」

主人は後藤清兵衛といい、もう老年だが、跡継ぎの悴が体を悪くしていて根岸の別宅で病を養っていた。

「やはり、悴の病があらたまったと知らせが来て、主人夫婦が出かけたあとに、賊が入って、手代と女中を殺害し、三百両余りを盗んでいます」

三件目は日本橋堀留町の帯問屋で京丸屋市兵衛、ここも幕府御用達であった。

「女房が病弱で小梅のほうの別宅にいるのですが、使は小梅からといい、小僧が戸を開けると、いきなり刺し殺した模様です」

家人が全部、殺されているので、現場の様子からの判断だが、大戸のくぐり口の内側で小僧が殺され、店の上りがまちで番頭が、蔵の中で手代が、女中は廊下で殺されていた。

「実をいいますと、京丸屋はその日の午前中に女房の具合が悪くなって、主人と悴が小梅のほうへ参っていて、その夜も店へは帰れない状態だったのです」

従って店は奉公人ばかりで、女中と手代二人が主人の供をして小梅へ行っていたから、大店にしてはまことに無人であった。

「どうも、賊は、そういうことを知っていたのではないかと思います」

「どっちみち、待ちぼうけをくわされたんだ。近い所から廻ってみるか」

東吾がいい出して、源三郎と二人、まず日本橋へ足を向けた。

本町通りの番屋へ寄ると、この辺りを縄張りにする藤吉という岡っ引がいて、すぐに供をした。もともと湯屋の主人だが、親の代から奉行所のお手先をつとめていて、藤吉は畝源三郎から手札をもらっている。

この藤吉とは東吾も顔見知りであった。以前、といっても三、四年前のことだが、本町の江嶋屋という京呉服問屋の事件で、藤吉の人柄も仕事ぶりも承知している。

「これは、若先生、お久しぶりで……」

藤吉のほうもなつかしそうに挨拶をし、早速、京丸屋について話した。

「なにしろ、店は潰れたも同然でして……千両近くの金を盗まれたあげくに奉公人は殺されるわ、おかみさんは病死するわで、主人は悴と一緒に近江の田舎のほうへひっ込んじまいました」

処分した店はとりこわされて、今は空地になっている。

「仮にも大奥の御用を承るって店が、とんだことでございます」

もっとも、京丸屋の主人も昨年、軽い卒中を患って、そのあとも医者の厄介になることが多かったと藤吉はいう。

「番頭と手代がしっかりしてましたんで商売はなんともなかったんですが、その二人も殺されまして……」

「京丸屋がかかっていた医者は、なんというんだ」

東吾が訊き、藤吉が、

「富沢町の石川周庵さんで……」

と答えた。親代々の医者で、

「たしか、水戸様へお出入りしているって話でございます」

石川周庵の家へ行くと、あいにく周庵は出かけていて、帰りは遅いだろうといわれた。

次は本郷へ行くことになった。

藤吉は律義について来る。

どうも、医者が事件にかかわり合っているのではないかという東吾に、藤吉が考え込んだ。

「石川周庵は、もう六十になりますから……」

倅はなく、娘に聟《むこ》をとったが、夫婦仲がうまく行かなくて五年も前に離縁になったという。

「内弟子のようなのはいないのか」

「水戸のほうの知り合いだという若い医者が来ていたようですが」

ひょっとすると、娘の再縁の相手かと近所は思っていたらしいが、今はもういないという。

「この節は、うっかり養子ももらえないぞ。下手な奴を家へ入れて、そいつが悪党だったとしたら……」

ふっと、東吾は思い出した。

「そういや、江嶋屋の一件も、娘の聟が盗賊だったんだな」

親代々の浪人だという美男の聟をとったところ、それが盗人の首領であった。

「忠三郎のことですな」

源三郎がいった。

「あの捕物では橋場の久三が殺されて、それなのに、肝腎の忠三郎を取り逃がしたままなのが、いまだに残念です」

「どうせ、どこかで又、悪事を働いているのだろうが……」

江嶋屋の前にも、小梅の大百姓の女房を色じかけでたぶらかし、金を持ち出させようとしている。

本郷の後藤清兵衛を訪ねてみると、ここも主人がひどく気落ちした表情で出て来た。

「手前共の悴をみて下さっているお医師は、今大路成徳様のお弟子の伊東甲斐介先生でございます」

東吾が、ほうという顔をした。

「いつも、伊東先生だけか」

「いえ、伊東先生がおいそがしい時は、お若い先生が……」

「名は……」

「岡崎先生と申されます」

岡崎半次郎だとわかった。

「髭のある医者だな」

「はい」

本郷から小日向台へ。陽はもう西へ傾いている。

「どうも、気になるんだ」

東吾がいった。

「今大路先生の内弟子の名前が出て来たことですか」

林芳春のかかっていた医者は今大路成徳の門弟であった。そして、後藤清兵衛の悴は今大路家の内弟子二人が治療に当っていた。

小日向台に入ったところで、日が暮れた。地主の佐藤庄兵衛を訪ねて、わかったのは、老母の診察に来ていたのが、今大路成徳の内弟子の山中友之助だということであった。

「御承知でもございましょうが、江戸川の関口橋の近くに今大路先生の御薬園がございまして、内弟子の方がよくお出でになります。関口橋から手前共の別宅のある鬼子母神の近くまでは、比較的、近うございますので……」

山中友之助の他に、岡崎半次郎が来たこともあるといった。

「こいつは、やっぱり、宗太郎に訊いてみなけりゃなるまいな」

藤吉が提灯《ちょうちん》の用意をして、三人は夜道を引き返した。

番町の天野家へ寄ってみると、用人が、

「若先生は神林様に用があるといわれて、お出かけになりました」

実は今大路家の宗二郎の具合が急に悪くなって、今日、宗太郎はずっとあっちへ行っていたという。

「くわしいことはわかりませんが、なにか毒草をあやまって口にされたのではないかということでして……」

手当てが早かったので、命に別状はないという。

天野家から大川端へ急ぎながら、東吾の脳裡になんとなく、昨日の今大路家の薬園で、内弟子が出した筒茶碗が浮かんだ。

まさか、と思う。

足をひきずるようにして、二人について来た藤吉が、急に追いついて来ていった。

「その……あっしの勘違いかも知れねえんですが……」

ためらいながら、それでも続けた。

「人間の顔って奴は、髭があるのと、ないのでは随分と違ってみえるんじゃねえかと……」

　東吾が、藤吉をみつめた。

「誰か、似ている人間を思い出したのか」

「なにしろ一度っきりしか、会っていませんので……でも、その時に、なんとなく以前にみた誰かに似ているような気がしたんです」

「誰のことだ」

「石川周庵先生のところにいた若い医者で」

　水戸から来ている男だという。

「年はせいぜい三十四、五ってところでしょうが、髭が生えてまして……それで、ちょっとみには老けてみえますんで……それに医者の総髪ってのは、感じがあっしらとは違います」

　東吾の足が止った。

「石川周庵のところにいた医者の顔が、誰に似ていると思ったんだ、かまわねえからいってくれ」

「さっき、若先生が江嶋屋の話をなすったんで、もしやって気がしたんです」

「まさか、忠三郎……」

「あっしも、まさか、まさかと思って、今まで考え続けて来たんですが……」

「源さん、藤吉に駕籠《かご》を拾ってやろう。とにかく、かわせみへ急ぎたいんだ」

「あっしなら、大丈夫でござんす。なあに、豆の一つや二つ……」

だが、源三郎は神田川の船宿で猪牙舟《ちょき》の用意をさせた。神田川を下って両国橋のところから大川へ出たのだが、永代橋の袂で舟を上り、大川端町へ行きかけたとたんに、長助の声がした。

「若先生……畝の旦那」

長助は一人ではなかった。

東吾がよく知っている麻生家の女中が青い顔で立っている。

「こちらさんが、手前共へおみえになってかわせみを教えてもらいたいとおっしゃいますので……」

若い女中が、すがりつくような表情で東吾に訴えた。

「お嬢様が……あの……天野宗二郎様のお弟子の方がお屋敷へみえまして、宗太郎様と東吾様が大川端のかわせみで、お嬢様にお話があるとおっしゃって駕籠まで用意なすって……」

「七重は出かけたのか……」

「はい」

「いつだ」

「もう二刻あまりも前でございます」

あまり遅いので、不安になった女中は長寿庵へ行って「かわせみ」の場所を教えてもらい、七重を迎えに行く途中だという。

「そいつは怪訝《おか》しいぞ」

少くとも、東吾はそんな使を出したおぼえがない。

「使に来たのは、内弟子か」

「かわせみ」へ歩き出しながら訊いた。

「はい、この前、宗二郎様と御一緒にお出で下さいました……」

あの雨の日だったと思い、東吾は全身に鳥肌が立ったような気がした。

すれ違った時、異様な殺気のようなものを感じとった相手に違いない。

東吾が足袋はだしになって疾風のように走り出した。

五

韋駄天《いだてん》のような形相で、東吾と源三郎が「かわせみ」へかけ込んでみると、帳場にるいとお吉が青ざめた顔で突っ立って、東吾をみると走り寄って来た。

「今、天野宗太郎様が……」

「七重は来ているか」

双方の声がぶつかり合って、

「ええ、その七重様のことで、天野様が……」

るいがさし出したのは、折り目のついた半紙であった。

「これを、使が持って来て、それで……」

東吾が手にとってみると、かなりな達筆で、

七重どのをあずかった
使と共に来られたし
天野宗太郎どの

岡崎半次郎

と書いてある。

「宗太郎は、ここへ来ていたのか」

「はい。半刻ばかり前におみえになって、東吾様をお待ちでした。そこへ、つい、今しがた使が来て……」

「どんな使だ」

「仲間《ちゅうげん》とか、小者といったふうな……」

「この手紙を持って来たのだな」

結び文のように折ってあったのを、使が帳場へ出て来た宗太郎に手渡した。

「天野様がお読みになって、私に、ちょっと出かけて来るとおっしゃいました」

使の男と共に外へ出ると、そこに駕籠が待っていた。

「天野様がお乗りになると、そのまま豊海《とよみ》橋のほうへ……」

すると、たった今、東吾達が走って来た方角である。

「この文は……」

「天野様が、さりげなく土間へ落して行かれたらしく、お見送りして戻って、嘉助がみつけました」

「嘉助は……」

こんな時、るいの傍を離れない筈の嘉助の姿がない。

「尾《つ》けて行きました。天野様のあとを追って……」

「東吾さん」

聞いていた源三郎が叫んだ。

「行きましょう。嘉助が危い」

戸口にいた藤吉に命じた。

「ここへ残れ。誰が叩いても大戸を開けるな」

東吾もどなった。

「俺か源さんの声がするまで、家から出るなよ」

夜は川っぷちのほうから冷えていた。

橋番所で訊くと、それらしい駕籠は永代橋を渡って行ったという。

「深川でござんすか」

あとからついて来た長助が首をひねった。

永代橋のところの辻番は、嘉助の顔を知っていた。

「嘉助さんは、つい、さっき、ここを通って佐賀町のほうを向いて行きましたが……」

大川に沿って佐賀町を抜けて行くと仙台堀へ出る。

そこから先は、松平陸奥守の下屋敷の外になって、道が急に暗くなる。

「こいつはいけませんや。只今、提灯をつけます」

長助が「かわせみ」を出る時から手に下げていた提灯に、はじめて火をつけようとした時、前方に黒い影が動くのがみえた。

地を這うようにして、こっちへ片手を上げようとする。

「誰か、いるぞ」
二、三歩、そっちへ歩いて東吾は血の匂いを嗅いだ。
長助が提灯を持って、東吾の前へ出る。

「あれは……嘉助さんじゃあ……」

わあっと三人が、黒い影へ走り寄った。

「嘉助っ」

東吾が抱きおこすと、その手になまぬるいものが触れた。

「若先生……」

声をふりしぼって、嘉助がいった。

「駕籠は、水戸様の……石揚場のほうへ」

「しっかりしろ」

「なあに、大丈夫で……これしきのこと……」

長助が嘉助を背負った。

「すぐ近まの佐賀町に医者がいます」

源三郎がいった。

「東吾さんは嘉助について行って下さい。あとは手前が……」

「いけねえ」

嘉助が手を振った。

「お一人じゃ危ねえ。あっしは大丈夫でござんす……」

長助もいった。

「嘉助さんは、あっしにおまかせなすって」

敵の手に落ちているのは、天野宗太郎と七重であった。

「たのむぞ、長助」

「合点で……」

よろよろと、必死な足どりで長助が佐賀町へ戻って行くのを橋の袂まで見送って、東吾と源三郎は心をふり切るようにして歩き出した。

夜は更けて、人通りは全くなかった。

遠くで犬の吠え声がする。

長助のおいて行った提灯は、源三郎が持った。

月も星もない空が大川へ続いている。

小名木川へ出た。万年橋を渡る。

右に御籾蔵《もみぐら》。左は大川に新大橋が架っている。

この橋は深川側に橋番所がなかった。

大川のふちにある御舟蔵の長い土塀が黒くみえる。

御舟蔵の先が水戸家の石揚場である。

「源さん」

低く、東吾がささやいた。

「なんで、嘉助は水戸様の石揚場といったんだ」

嘉助が尾行を気づかれて斬られたと思われるのは万年橋のあたりであった。

そこから、駕籠の行く先をみたとすればまず目につくのは御舟蔵の筈であった。

だが、嘉助は苦しい息の下から、御舟蔵とはいわず水戸様のといっている。

水戸という文字が、東吾の脳裡で慌《あわただ》しくかけ廻ったようであった。

岡崎半次郎は水戸藩のお抱えの医者の倅だと聞いていた。だからこそ、同じ水戸藩の医者である石川周庵とかかわり合いがある。

藤吉がいっていた。

石川周庵の家には水戸から来たという若い医者が滞在していた。藤吉はその若い医者の顔を一度しかみていないが、そいつの顔は江嶋屋の養子だった忠三郎に似ているような気がする、と。

忠三郎の顔を東吾は知らなかった。

四年前、江戸を荒し廻った盗賊の首領で、その男は十年以前、向島の押上村の常照寺という寺の離れに、旗本、小島邦之助の倅と偽って滞在していた。吉原の女に通いつめて勘当になったというふれこみだったが、小梅村の大百姓で万古焼の窯元をしていた吉兵衛という者の女房おとくを誘惑して姿を消した小島久之丞という侍と同一人物であった。

美男で女たらしで、これと目をつけた家の娘をたらし込んでいい仲になり、養子に入り込んで、自分の素性をくらますというのが彼の常套《じょうとう》手段であった。

もし、今大路家の内弟子、岡崎半次郎がここ二、三年の中に水戸の医者の娘の聟になったというのなら、そして石川周庵の所にいた若い医者と、江嶋屋忠三郎がよく似ているとしたら、岡崎半次郎は、忠三郎の変身と考えられなくもない。

もし、そうなら、悪いことに岡崎半次郎の後には水戸藩がひかえている。

ふっと、東吾の足が止った。同じく、源三郎も右手が腰の十手にかかる。

水戸家の石揚場のあたりから、音もなく人の姿が浮び上って来た。一人、三人、四人、七人。

「何者だ」

源三郎が誰何《すいか》したとたんに、夜気を切り裂くような声と共に白刃がひらめいた。

火花が散ったのは、源三郎が十手で受けたためである。

東吾が抜刀して、源三郎の前に出る。

その東吾へ別の太刀が襲いかかった。僅かに体をひねって大きく払ったのがきまったらしい。絶叫と共に、まるで大根のように人間の腕がころがって行った。

だが、東吾にしても自分の斬った相手を見定める余裕がなかった。次々に襲って来る剣は、人を斬り馴れている、いわば殺人剣法である。

「源さん」

「東吾さん」

おたがいに声をかけ合って遮二無二斬り結んでいるものの、どちらも次第に呼吸が荒くなって来た。

敵は入れかわり立ちかわり、攻撃して来る。

多勢に無勢で、こっちが疲労してきた時が勝負と承知している相手の様子に、流石の東吾も背筋を冷たいものが流れ出した。

源三郎の持っていた提灯は、すでに消えてしまって、闇の中の戦闘であることも、不利であった。

なにせ、片側は水戸家石揚場で、もう一方は八幡宮御旅所《おたびしょ》であった。武家屋敷がないこともないが、どこも門を固く閉じている。

僅かな町屋は、外で斬り合いがはじまっていると知れば、それこそ戸を開けるどころか、奥で怖れおののいているのが関の山だ。

すぐ目の前にいる源三郎の肩が大きく上下しているのを東吾はみた。

これは危いと思い、東吾がそっちへ移行するところへ、わあっと白刃が来た。しなやかに東吾の剣が舞って、白刃が宙に飛んだ。

月が、その時、雲を出た。

東吾は自分の前方に立っている相手をみた。

月光が眉目秀麗といってよい相手の顔と鼻下の髭を照らし出している。

「岡崎半次郎……貴様、江嶋屋の忠三郎だな」

はったりだったが、相手は東吾が思った以上の動揺をみせた。

「この野郎、女をたぶらかしやがって……」

東吾が珍しく守勢から攻勢に出て、相手は避けた。追う東吾へ左右から突きが来る。

東吾の足が地を蹴って大きく跳んだ。

ふりむきざまに岡崎半次郎が横に払う、だが、その剣も東吾の白刃がすくい上げるように路傍へとばした。

忠三郎が逃げた。

同時に源三郎の周囲にいた何人かも、忠三郎のあとを追って一目散に一ッ目之橋を渡る。

「待て」

追いかけようとして、東吾は源三郎が土に膝を突くのをみた。肩先を押えている。血が彼の指の間から流れていた。

万年橋のほうから呼《よ》び笛《こ》と、長助の声が聞えて来た。

「旦那……若先生ッ……」

六

佐賀町の外科医の家へかつぎ込まれた源三郎の傷は、肩先の肉を深く切り裂いていたものの、幸い、骨にまでは達していなかった。

たった今、嘉助の治療を終えたばかりという、向井裕成という医者が、すぐに手当にかかったが、若い時分、長崎で修業して来たというだけあって手ぎわは悪くない。

嘉助のほうは背を右から左へ一太刀浴びせられていたのだが、これはたまたま、綿入れの袖なしを半纏の下に重ねていたこともあって、出血がひどかった割には浅かったらしい。

それでも、全身に白布を巻かれて、うつ伏せに寝かされていて、傍には長助の女房がつき添っていた。

「かわせみへ知らせようかとも思ったんですが、番頭さんが、お嬢さんを心配させるだけだからって……」

長助は途方に暮れた顔をしている。

「嘉助、気分はどうだ」

東吾が声をかけると、嘉助が首をねじまげるようにした。

「若先生、お怪我は……」

「俺は大丈夫だが、源さんが肩をやられた。なに、命に別状はないから心配するな」

少し、話をしてもよいかと東吾が訊き、嘉助が無理に笑った。

「なんてことはございません。一休みしたらかわせみへ帰らしてもらいますんで……」

「無茶はよせ、そんな体で帰ったら、よけい、女共が心配するぞ……」

斬られた時のことを話してくれないかと、東吾がいい、嘉助が枕に頭をのせたまま、唇を噛みしめた。

「ちょうど、水戸様の石揚場の手前でございました。石揚場のほうから五、六人の男が出て参りまして……提灯をつけて居りましたんですが、駕籠脇についていた男が、手前のほうをふりむいて、そいつらになにかいって居ります。こいつは、尾《つ》けて来たのを知られたんだと気がつきまして、慌てて逃げ出したんですが、万年橋のところで追いつかれまして……いけねえと大川へとび込んだんですが、その時、背中をやられたようで……」

いったん、水にもぐり、川の流れに従って川下まで行って暫《しばら》く杭につかまって様子をみ、それから岸へ這い上った。

「幸い、奴らは居りませんで……ともかくも辻番所までと、気はあせっても体がいうことをききません。そこへ、若先生の声が聞えまして……」

「そうか、やっぱり、石揚場のところが関所だったのか」

あそこで仲間が待っていたということは、追手がかかった場合、あそこで始末をつけると決めてあったに違いない。

「俺達も、石揚場のところで取り囲まれたんだ」

「若先生……」

嘉助が痛みに顔をしかめながらいった。

「連中のなかに、水戸の者が居りました。水戸なまりを、はっきり耳に致しましたんで」

逃げながら、背中で聞いた声だといった。

「あの道を、ずっと行きますと、水戸様の下屋敷がございます」

「そいつは俺も考えていた」

向井裕成の息子が、薬湯を嘉助に飲ませに来た。

「あまり喋ってはいけません。体力を使い果しているのですから、少し、ねむらせないと……」

「すまなかった。何分、よろしく頼みます」

長助の女房に看護を頼み、東吾は源三郎のほうへ行った。

障子の外に長助がいて、

「まだ、縫い合せてる最中のようで……」

青くなって、歯をがちがちさせている。

「長助のところの若い連中で、水戸様の下屋敷の賭場へ出入りしているような奴はいないか」

東吾に訊かれて、長助がうなずいた。

「あっしのところの若いのじゃございませんが、木場で働いている伝八って奴がいい顔だそうでして……」

つまり、鴨《かも》になりそうな金持の客を物色しては、水戸家の下屋敷に賭場が開帳する時に案内して行く役だという。

「気を許せる奴か」

「へえ、以前、酔っぱらって刃傷沙汰《にんじようざた》をおこしました時に、あっしが面倒をみてやりましたんで……根は悪い奴ではございません」

「そいつを、早速、ひき合せてくれ。それから、若い奴らを集めて、水戸様の下屋敷のまわりに張り込ませてもらいたい」

源三郎の傷も心がかりだったが、東吾としては一刻をも争う気持だった。

もし、七重も、天野宗太郎も、水戸家下屋敷の中へ連れ込まれているのだとしたら、いったい、岡崎半次郎の目的はなんなのか。相手の思惑がわからないだけに不安であった。

外へ出てみると、長助が若い者に指図をしている。

何人かが本所のほうへ走り、一人が永代橋の方角へ向ったのは、伝八という男を呼びに行くためか。

そっちを見送って、東吾は、はっとした。

駕籠がこっちへ来る。傍についているのは藤吉と若い医者が二人。

藤吉が嬉しそうに走って来た。

「長寿庵へ参りましたら、おかみさんまでがこっちだと聞きまして……」

駕籠から女が下りた。るいである。

「冗談じゃねえ。なんだってこんな所に……」

るいが小腰をかがめた。

「こちらが……天野宗三郎様と今大路様のお弟子の伊東様とおっしゃるお方で……宗太郎様のお帰りが遅いので心配して私共へお出でになりましたのです」

成程、東吾をみてお辞儀をした二人の中、若いほうは、天野宗太郎によく似ている。

「とにかく、こっちへお入りなすって……」

長助が気をきかせて、医者の家へみんなを押し込んだ。自分はてきぱきと藤吉になにかいっている。

すぐに藤吉がとび出して行ったのは、人数を集めるためらしい。

「兄は……如何なりましたのでしょうか」

るいからおおよそのことを聞いて来たという宗三郎は顔色を変えている。

「すまないが、これでも必死に手を打ってるつもりなんだ」

伊東甲斐介が膝を乗り出した。

「岡崎半次郎が宗太郎先生をつれ出したと申すのは本当でしょうか」

「そのことだが、岡崎半次郎について、知ってる限りをいってくれないか」

富沢町の石川周庵を知っているか、と東吾がいい、甲斐介が答えた。

「周庵は岡崎が、今大路先生の内弟子になる時の身許引受人でございます。同じ、水戸藩に御奉公する縁で……」

「半次郎が内弟子になったのは、三年前だな」

「左様でございます」

「あいつの親は……」

「水戸の医者で、岡崎源信といいます。やはり今大路先生に師事したことがありまして」

「半次郎は養子ではないのか」

「源信どのの娘のおきくどのの聟ときいて居りますが……」

「祝言したのは、いつだ」

「それは存じません」

長助が顔を出した。

「若先生、伝八が参りました」

東吾が立ち上った。

「るい、怪我人が二人いるんだ。看護をたのむ」

長助と外へ出ると、三十五、六とみえるのが、ぺこりと頭を下げた。伝八である。一癖ありそうな面がまえだが、その分だけ気がききそうでもある。

「急ぐんだ。話は歩きながらにしよう」

道は大川沿いを避けた。

心得て、長助が小舟の用意をする。竿を握るのも長助で、乗っているのは東吾と伝八の二人。

小名木川を大川とは逆に上って、高橋《たかばし》の下をくぐり、新高橋のところから横川へ入った。

まっすぐに行くと竪川に出るが、そのまま突き抜けて、ひたすら横川を行くと、やがて業平橋《なりひら》。そのあたりまでに、東吾と伝八の打ち合せはすんでいた。

横川は業平橋の先で自然に大川のほうへ折れている。川の右手が、

「水戸様の下屋敷で……」

塀のむこうは広大な敷地であった。

多くの大名の下屋敷がそうであるように、水戸家の侍は何人も住んでいない。

主だった者は上屋敷か、せいぜい中屋敷にいて、下屋敷に人がふえるのは、殿様がお

成りになる時ぐらいのものであった。

「ここから上りますんで……」

小橋のところで伝八が舟から下りた。

すたすたと裏門のほうへ歩いて行く。

小舟を橋の下に留めて、長助と東吾は待った。

風がやんで、空は澄み渡っていた。

先刻、東吾を救った月は、いよいよ明るさを増し、星の数も多くなった。

刻限は真夜中でもあろうか。

待つほどもなく、伝八が戻ってきた。橋の上と下であたりを見廻して人目のないのをたしかめてから、伝八が小舟に乗る。

「門番は、もう、かなり飲んだくれて居りましてね」

吉原へ行った帰りに、ちょいと顔を出したという体裁で、伝八は門番にいくらか握らせたらしい。

「こっちの聞くことを、なんでもべらべら喋ってくれましたんで……」

それによると、国許の医者の倅というのが、得体の知れない連中を下屋敷へつれ込んでいるという。

「そいつらが、吉原へ行くといって夜中に出入りをするそうですが、どうも怪訝しなことが多すぎる。ひょっとして、なにか悪いことがあって、あとからお重役のおとがめを受けたら、えらいことだと、気に病んでいますんで……」

「水戸の侍は、下屋敷にいないのか」

「お殿様が国許へお帰りになっているとかで、それでなくても無人なのが、まるで空屋敷みてえだそうで……まあ、そのほうが御開帳には具合がいいんですが……」

「すると、今、屋敷内にいるのは、水戸から来た医者の悴と、その仲間か」

「まあ、表のほうの棟には留守番のお侍がいたようですが……裏っ側のほうはその連中だけだそうで……」

「わかった……」

刀の下げ緒を取って、東吾は襷《たすき》にした。袴の股立《ももだ》ちも高く取る。

「俺が、屋敷へ入って半刻もしたら、裏門のところへ、なるべく大勢の若い奴らと出かけて行って、屋敷内に泥棒を追い込んだとでもいって、ごちゃごちゃかけ合ってくれ。もしも、朝になっても俺が出て来なかったら、その時は兄上のところへ知らせに行ってくれ」

「若先生……」

長助が悲壮な顔をした。

「あっしもお供をします」

「いや、手が足りねえんだ。俺のいう通りにしてくれ」

下屋敷へ忍び込む場所は、伝八が教えてくれた。

すぐ隣の常泉寺の境内から石垣伝いに土塀の内側へとび下りる。

そこは畑であった。

大名家が下屋敷の中に田や畑を持っていて、近在の百姓に米や野菜を作らせている。

「まっすぐ行くと侍長屋へ出ますんで……そのあたりに、連中がいる筈です」

伝八をそこに残して、東吾は教えられた畑の中を歩いて行った。

月光で動きやすいかわりに、こっちの姿も人目に触れる怖れがある。

しかし、侍長屋は暗く、人の気配もなかった。

木かげから木かげへ、東吾は要心深く進んだ。

目についたのは侍長屋のはずれにある土蔵であった。

余程、古くなっているのか、屋根瓦が崩れ落ちて、そのあたりからほんのり灯が洩れている。

女の声が聞えたような気がした。

東吾が耳をすませたのは、その声が七重のように思えたからである。

土蔵のまわりは厚い壁である。入口には錠が下りている。そのくせ、屋根が崩れ落ちているというのは、どこか間が抜けていた。

忍び込もうとすれば、屋根からなら入れるかも知れない。

崩れ落ちた瓦を足がかりにして、東吾は苦労して土蔵にとりついた。

小柄《こづか》を抜いて、土蔵の壁に突きさして、そこを足がかりにする。壁土がもろくなっているので、これは比較的、容易であった。

かろうじて、屋根の上へ這い上った時、むこうの侍長屋から男が二人、土蔵へ向って来るのがみえた。

屋根に身を伏せて、東吾はやれやれと思った。男達が来たのは、土蔵の正面側で、東吾がよじ登ったのは裏側だが、それにしても壁に貼りついている時でなくて助かったと思う。

錠をはずす音がした。

「こんな夜半に、なんの用だ」

下から聞えたのが天野宗太郎の声だったので、東吾は屋根に体を伏せたまま、瓦の落ちたところから下をのぞいてみた。

天井板があるので、姿はみえない。

「まだ、出来ないのか」

ひんやりした男の声がした。

「俺は、それほど阿蘭陀《オランダ》語が出来るわけではない。まして、こいつは難解な薬物の書だ。そうすぐにわかりはしない」

「そうはいわさぬ。天野宗太郎が長崎で師事した男は、阿蘭陀の毒物に格別の知識があったそうだ」

「俺が学んだのは、毒を以て毒を制する、つまり、或る種の毒物が病を治すに効力があるものに関してだ。毒のための毒ではない」

「なんでもいい。夜があけるまでに、その本を読み解くことだ。さもないと、女を殺す」

「いったい、阿蘭陀渡りの毒薬を調合して、なにに使うというのだ」

返事のかわりに戸を閉める音がした。それが途中で止ったのは、別の男の声がしたからである。

「裏門に捕方《とりかた》が来ています。屋敷内に賊が逃げ込んだとか申して、門番を責めたてて居りますが……」

「ここは大名屋敷だ。御三家だぞ。町方が入れるものか」

「しかし……」

「俺が行く」

どやどやと乱暴な足音が遠ざかるのを待って、東吾は天井板に手をかけた。雨露にさらされて、もろくなっていたのが、簡単に破れた。

その音で、下にいる天野宗太郎が天井を仰ぐのが、屋根の上の東吾にみえた。

宗太郎が東吾の真下へ来た。

「東吾さんですか」

のんびりした調子に、東吾はあてがはずれた気分になった。

「誰か、いないのか」

「いるのは、七重どのだけですよ」

「七重も一緒か」

宗太郎の傍に七重がかけよって上をみた。

「東吾様」

「待っていろ。今、助ける」

「だったら、戸口へ廻って、錠を叩いて下さい。だいぶ、古くなっていますから、石かなんぞで思いきりひっぱたくと、多分、こわれる筈です」

「俺は屋根の上だぞ」

「ですから、早く下りて……」

「人使いの荒い奴だな」

それでも東吾は早速、屋根から地上へすべり下りた。登るよりも下りるほうが早い。手頃な石をみつけて土蔵の前へ廻った。力まかせに錠を叩くと、宗太郎のいった通りに鉄の心棒が折れた。

「急げ……」

七重の手を宗太郎がひっぱって、東吾は二人に畑のほうの道を教え、自分はしんがりについて、追手がないかを確かめながら走った。

土塀のところに、伝八が立っている。その背後に長助の姿がみえる。

「なんだ。裏門でかけ合いをやってたんじゃなかったのか」

長助が大きく手をふった。

「そいつが……その……神林の殿様がお出ましになったんで……」

「兄上が……」

「本所の麻生の殿様もです。御家来衆をおつれになって……捕方がずらりと並んで、そりゃもう、えらいさわぎで……」

本所の旗本連中まで、何事かとかけつけて来ているという。

「そいつはいい」

にやりと東吾が笑った。

「長助、兄上に、只今、ねずみどもを追い出しますと伝えてくれ。宗太郎、七重をたのむぞ」

抜刀して、東吾はまっしぐらに侍長屋へひき返した。

裏門に近いあたりに、五、六人の男が門のほうをうかがっている。その中の一人が門番になにか命令していた。岡崎半次郎である。

とたんに東吾がどなった。

「出会え、出会え、お屋敷内に賊が逃げ込んだぞ……おのおの方、出会え……」

男達が反射的に門のほうへ逃げ出した。

「門番、なにをしている。そいつらを門の外へ叩き出せ」

東吾が叫び、門番はてっきり屋敷の中の侍と思ったのか、慌てて角棒をふり廻した。

「なにをする、我々は水戸藩中の……」

半次郎が叫んだが、その時は東吾の白刃に追われた男達が半次郎を押し出すようにして門の外へとび出した。だしぬけだったので、誰も東吾一人とは思わず、東吾を水戸家中の侍と早合点したためであった。

門の外では大捕物になった。

捕方に下知をしている神林通之進の横には槍をかまえた麻生源右衛門がいる。

東吾はまっしぐらに、岡崎半次郎を追った。

それと気がついて、長助が半次郎へ体当りをした。

よろめいた半次郎へ、もの凄い東吾の峰打ちがきまって、どっと倒れるのを長助がとびかかって捕縄をかけた。

あっという間に、半次郎以下、六人が捕えられた。

その頃になって、表のほうからさわぎをききつけて起き出してきたらしい留守番方の侍が裏門へかけつけた。

神林通之進が、彼らにむかって丁重に頭を下げた。

「夜中、おさわがせ申してまことに恐縮至極に存ずる。手前は南町奉行所与力、神林通之進、たまたま、御当家門前にて盗賊を追いつめ、無事、召捕りました。御留守居役様に、よしなにお伝え下されし」

颯爽とひきあげて行く一行のむこうの空を夜明けの光がうすく染め出していた。

七

水戸家のほうから、なにかいってくるのではないかと、東吾は自分の無茶を棚に上げて、兄の立場を心配していたが、数日後、兄の通之進が話したことによると、正式には町奉行所に、なんの苦情もなく、そのかわりに上屋敷から水戸家の重役が、
「岡崎半次郎なる者、当家の藩医、岡崎源信の聟と称しているそうだが、まっ赤な偽りにて、岡崎家には半次郎なる聟は居らず、当家とも、なんのかかわりもない」
と奉行に挨拶があったという。

岡崎半次郎の取り調べは、珍しく奉行自ら着座して、吟味方与力の吟味を傍見するという異例のものだったが、押上村の名主で、かつて、半次郎（その折の偽名は小島久之丞）とかけおちし、後に殺害されたおとくの弟に当る村林大次郎や、同じく押上村の常照寺の住職が、岡崎半次郎を、小島久之丞に違いないと証言し、また、日本橋の呉服商、江嶋屋の主人、徳兵衛、その女房おさだが同じく、半次郎を、四年前、娘の聟であり、悪事を働いて逃走した忠三郎にまぎれもないといった。

同時に、半次郎と共に捕えられた仲間の口が、次々に割れて、林芳春、京丸屋、後藤清兵衛宅などへ押入り、盗みを働き、家人を殺害したのは、半次郎とその一味の仕事だと白状され、その金が水戸家下屋敷の、七重と天野宗太郎が閉じこめられていた土蔵の

中にかくされていたことも明らかになった。

改めて、奉行から内々に水戸家お留守居役へ話が通って、極秘裡に、その土蔵の金のひき渡しがされた。

神林通之進が東吾を伴って、本所の麻生家を訪ねたのは、岡崎半次郎が極刑に処せられて後のことであった。

麻生家には、一足先に天野宗伯が三人の息子と共に招かれていた。

天野宗伯と神林通之進は、すでに面識があり、型通りの挨拶がすむと、話はやはり岡崎半次郎のことになった。

彼の本名は矢倉市太郎といい、親代々の浪人であった。

「生まれつき、頭がよく、親も市太郎に望みをかけていたそうですが、どこへ行っても長続きがしなかったといいます」

医家に奉公したり、坊主の修行をしたりしたあげく、武家奉公をのぞんで、渡り仲間のようなことをした。

「その折、短い間ですが、小島邦之助の屋敷に出入りをしたこともあったようで、それが、小島久之丞に化けるきっかけになったものです」

色と欲で、小梅村の吉兵衛の若女房のおとくをたぶらかしたあと、江嶋屋の娘に目をつけて、とうとう、聟に入った。

「本来なら、そのあたりで悪事から足を洗うところかも知れませんが、市太郎はこの世の中のすべてに怨みを持っていて、到底、商家の若主人におさまることは出来なかったものとみえます」

仲間をかたらって賊を働き、その結果源三郎や東吾に追われて、江戸から逃げた。

「岡崎家へ入り込んだのは、水戸へ行ってすぐのようですから、これはもう凄腕というしかありません」

岡崎源信は彼の才能を見込んで、今大路家の内弟子として修業させることにし、彼ものぞんで江戸へ戻った。

「いったい、彼は、なにをしようとしていたのですか。宗太郎どのに阿蘭陀渡りの毒物の本を読み解かせようとしたそうですが……」

東吾の問いに、宗太郎が笑った。

「あいつは、江戸の水道に大量の毒物を流し込んで人殺しをする気だったようですよ。もっとも、それは、昔の由比正雪の事件を書物で読んで、その真似をしようとしたらしいのですがね」

だが、入手した本は阿蘭陀語で、彼には解せない。

「それで、阿蘭陀にくわしい宗太郎を軟禁したんですか」

いいさして、東吾はずっと考えていたことを口に出した。

「それにしても、何故、七重を人質にとったんです。毒物の本を読ませるなら、宗太郎どの一人でいい筈ですが……」

通之進が、とぼけた顔をしている東吾を見た。

「市太郎……つまり岡崎半次郎はここに居られる天野宗二郎どのと親しかった」

今大路家の養子の宗二郎と、内弟子の半次郎は一緒に暮していたわけである。

「宗二郎どのは、兄思いの弟で、宗太郎どのが誰を好いているか承知していた。兄の恋をかなえるために、養父である今大路成徳どのに相談もしていた。それを、半次郎は小耳にはさんだのであろう。誰を人質にとれば、宗太郎どのが自分のいいなりになるか、承知していたのだ」

「成程……」

東吾が、うつむいている七重と、照れくさそうな宗太郎を等分に眺めた。

「そういえば、宗太郎どのは、手前に申したことがありました。どこぞに惚れた娘がいて、それが一人娘だから、天野の家を宗三郎どのに継いでもらって、養子に行きたいが、どうも、先方の気持がわからないと……」

天野宗伯が、そこですわり直した。

「麻生様に折り入って、お願いがござる。ふつつかな倅ではござるが、宗太郎を御当家にて一人前の侍に、お仕込み頂けますまいか」

麻生源右衛門が口をへの字に結んで、神林通之進をみた。

「東吾を、麻生家へくれる気はないのか」

通之進がさわやかに笑った。

「東吾は神林家の跡つぎでございます故、まことに申しわけございませんが、永久に御辞退させて頂きます」

「では、やむを得んな。このままでは、七重が婆になる」

改めて、天野宗伯へ両手を突いた。

「ふつつかな娘ではござるが、なにとぞ、末長く……」

源右衛門の声がうるんで、東吾も鼻の奥が熱くなった。

七重が、ちらと東吾をみ、その視線を天野宗太郎へむけ直して、手を支《つか》えた。

「何分、よろしゅうお願い申し上げます」

宗太郎が慌てたようにお辞儀をした。

「手前こそ、何分、よろしく……」

賑やかな笑い声が湧いて、通之進がいった。

「義父上《ちちうえ》、めでたい席に鶴亀でも謡われませぬか」

あの夜、水戸家下屋敷の門前に神林通之進と麻生源右衛門がかけつけたのは、畝源三郎の命によって藤吉が知らせに走ったからだという。たまたま、麻生源右衛門は娘の身を案じて、神林家へ来ていた。三河以来の譜代の旗本が、槍をおっ取って通之進と共に水戸家へやって来た。

「長助や藤吉が仰天していましたよ。あんな派手な門前捕りはみたことがないと……」

東吾がいった時、源右衛門の朗々とした謡曲「鶴亀」が始まった。

酒に酔ったふりをして、東吾は麻生家を抜け出した。

足は当然のように「かわせみ」へ向く。

「かわせみ」は今日、嘉助が床上げをしたところであった。

「まだ早いっていいますのに、いうことをきいてくれませんの」

るいが困ったように眉を寄せる。

「畝様も、昨日、お床上げをなさったとか」

「あいつは馬鹿だよ。七針も縫われたっていうのに、けろりとしやがって……」

居間では、嘉助の床上げを祝って酒が出た。

が、肝腎の嘉助は盃を一つ干しただけで、

「さあ、番頭さんは、あちらでやすんで下さいよ」

お吉がそそくさとつれて行ってしまった。

あとは、東吾がだらだらと飲む。

「麻生様では、天野様を御養子にお決めなさったそうでございますね」

そっと、るいがいった。

「昨日、七重様が嘉助をお見舞旁《かたがた》、お出で下さって、そのお話をなさいましたの」

「あいつと宗太郎なら似合いさ。いい夫婦が出来上る」

「七重様は、宗太郎様に医者をお続けなさるよう、おたのみなさるおつもりのようですよ。天野家を継がなくても、医者の道があるとおっしゃって……」

「勝手にさせるさ、俺達の知ったことか」

「東吾様……」

るいが、東吾の手から盃を取り上げた。

「がっかりなさっておいでなのでしょう」

「なにが……」

「七重様が、お嫁にいらして……」

「馬鹿……宗太郎が養子にくるんだ」

夕陽が大川にさしていた。

縁側に出て、大きく、のびをした東吾の肩へるいがそっと半纏を着せかけた。

風が冷たくなっている。

雪《ゆき》の夜《よ》ばなし

一

雪は朝から降り出して午後になっても止まなかった。

天野宗太郎と麻生七重の祝言が行われたのは、八ツ（午後二時）過ぎからで、雪のせいもあり、ぼつぼつ暮れかけていた。

小名木川沿いにある麻生家の書院は燭台がいくつも並べられ、金屛風を前に向い合った花聟花嫁の上気した顔を明るく照らし出していた。

三三九度の盃事は、天野家、麻生家のたっての願いで、神林通之進、香苗の夫婦がつとめた。

素焼きの盃を手にした宗太郎が緊張の余り、かすかに慄《ふる》えているのを、東吾は好ましくみつめていた。

この友人なら、七重を生涯、幸せにしてくれるだろうと思う。

長年、妹のように親しみ、時にはそれ以上の思いがおたがいの胸の内にあった筈の七重の祝言に、東吾の心中を流れているものは、安堵と哀感のようであった。

夫婦の固めの盃が、宗太郎と七重の間を行きつ戻りつして、やがて、

「幾久しく、おめでとう存じまする」

通之進のさわやかな挨拶と共に盃をのせた三方が下げられた。

そのあとで、天野家、麻生家と親族の盃がとりかわされ、新夫婦が麻生家の仏間へ行って祖先の霊に拝礼を行うと、儀式は滞りなく終った。

席は大広間に移されて、祝宴になる。

八百善から取り寄せた祝の膳が運ばれ、盃の献酬があって、座は和やかであった。

宗太郎は、今日から義父となった麻生源右衛門と共に、客の一人一人に挨拶をして廻り、色直しをすませた七重も、いつの間にか酌をしている。

裏方のほうが手が足りないのではないかと思い、東吾はさりげなく座敷を抜け出して台所へ行ってみた。

板場は戦場のようで、八百善から来た板前達が立ち働いて居り、香苗が女中達を指図して料理を運ばせている。

東吾はすみへ行って、お燗番をはじめた。自分に出来るのは、このくらいのものだと承知している。

「東吾様は、奥へおいでなさいませ」

と、香苗がいったが、東吾は笑って酒を徳利に注《つ》いでいた。香苗もそれっきり、なにもいわない。猫の手も借りたいというのが本音といったいそがしさでもあった。

やがて、七重が空いた徳利を集めて来た。

「まあ、東吾様ったら……」

眉をひそめた顔が、すぐ笑い出した。

「よく、お似合いですこと……」

「他ならぬ、七坊の祝言だからな」

東吾も屈託なく笑った。

「不肖の兄貴としては、これくらいのことしか出来ないが……」

七重を眺めていった。

「きれいな嫁さんだったぞ」

ふっと七重が涙ぐみ、東吾は慌てて手近にあった土瓶の茶を湯呑みに注いでやった。

「腹が減っているんじゃないのか。待っていろ。たしか、赤飯の握り飯が届いていた筈だ」

台所の棚の上の大鉢に、八百善が気をきかせて用意した俵型の結び飯がある。

それを取って、七重のところへ戻ってくると、ちょうど宗太郎が奥からやって来た。

「祝言というのは、どうも腹の減るものですね」

三人で握り飯をつまんでいると、通之進が赤い顔をして入って来た。

「東吾、よい加減に代ってくれ。わしは酒より、握り飯のほうが助かる」

「承知しました」

兄と席を代って、東吾は徳利をのせたお盆を持って大広間へ行った。

通之進は下戸だが、東吾のほうは少々の酒ではびくともしない。

宴が果てたのは、夜四ツ、亥《い》の刻（午後十時）近くであった。

客はすべて帰り、大広間の灯も消えた。

大酔した麻生源右衛門を寝間へ運び、天野家の人々も駕籠《かご》を連ねて屋敷を辞した。

雪は、まだ降り続いている。

神林通之進と香苗の駕籠には、畝源三郎がついて行くことになった。

「東吾さんは、まだ御用がおありでしょうから、一足お先に参ります」

声をかけながら、源三郎が片目をつぶってみせたのは、大川端の「かわせみ」へ寄るだろうという合図で、東吾は笑いながらうなずいた。

新夫婦のことは、麻生家の奉公人達が心得ている。

で、東吾は着がえをしている宗太郎へ、ちょっと顔を出し、

「七坊を、たのむぞ」

と神妙に頭を下げてから、一人、内玄関を出た。

道は雪かきがしてあるが、更にその上にしんしんと積っている。

高下駄に傘をさして、六間堀に架る猿子橋を渡りかけて、東吾は思わず、足を止めた。

橋の袂《たもと》に、女が一人、立っている。

傘はさしているものの、どこかへ行く途中という様子ではなく、人目を避けるように川へむいてたたずんでいるのだ。

寒い夜更けである。

どう考えても、只事ではない。

「お女中……」

近づいて、東吾は声をかけた。

「どうなされた」

女が体を固くして、後ずさりしたので東吾は安心させるためにいった。

「わたしは、八丁堀組屋敷に住む神林東吾という者だが……」

急に女が東吾に背をむけて川へとび込む素振りをみせたので、東吾は慌てて背後から抱きとめた。

相手はもがいたが、抵抗する力は弱かった。ただ、荒い息を吐いて肩を激しく上下させている。

折よく、近くの路地から人が走って来た。これも女で、傘をさし、提灯《ちょうちん》を下げている。

「お嬢さま……お嬢さまでは……」

あわただしくこっちへ来ようとして雪にすべって転んだ。

東吾は女を抱えたまま、ふりむいた。

「大丈夫か」

「はい」

女は足袋《たび》はだしになって起き上り、よろめきながら近寄って来た。

「お嬢さま……」

「おその……」

東吾に抱かれたまま、女が細い声で応じた。

「まあ、よく、御無事で……」

おそのと呼ばれた女までが、東吾につかまって激しく泣き出したので、東吾は当惑した。

どうやら事情がありそうだが、この雪の中で訊く気にもなれない。

「まことにおそれ入りますが……」

おそのがいった。彼女が持っていた提灯は転んだ拍子に消えていたが、声の調子からして、四十がらみのようである。

「手前どもは、この近くでございます。お嬢さまを、そこまでお送り下さいますまいか、どうぞ、お願いでございます」

いわれるまでもなく、送って行かなければなるまいと、東吾は考えていた。

身投げをしかけた女は、立っていられないほど慄えている。

駕籠を呼ぶにも夜更けの雪の川っぷちであった。人通りも全くない。

東吾は娘を背負った。まだ若く、小柄で華奢《きゃしゃ》な体つきをしている。

「参ろう。お送り申す」

提灯はなくとも、雪の白さで歩けないこともない。

この際、やむなくといった感じで、東吾は高下駄を脱いだ。そうでもしないと、足許《あしもと》が不安定であった。

おそのが、東吾の傘と高下駄と提灯を拾って、先に立った。

六間堀沿いを北へ行って竪川に出る。二ツ目之橋を渡って川沿いに東へ下って、横川のところから小梅村の方角へ歩いた。

その辺りで、案内している女が足早になった。小さな道に入り、幾度も曲った。

夜のことではあり、次第に東吾は方角がわからなくなった。いや、方角を思案する余裕がなかったといえる。

小柄でも、背負った女の重みは歩くほどに肩にひびいたし、足の底から痛いほどの冷たさが上って来て、感覚を失ってもいた。

漸《よう》く、小さな家の戸口へたどりついた。

「こちらでございます」

おそのが玄関をあけ、東吾はかついで来た女を、そこへ下した。

奥から、もう一人、若い女が出て来た。女中のようである。

「こちら様を、すぐ、お湯殿へご案内するように……」

東吾へいった。

「さぞ、おみ足がつめとうございましたでしょう、お湯をお召し下さいまし」

雪に濡れた足をざっと拭いて、東吾はいわれるままに、風呂場へ行った。とにかく、足全体がしびれたようになっている。

風呂には熱い湯が沸いていた。

かかり湯をして、ゆっくり湯舟に沈むと人心地がついて来た。

冷え切っていた体が程よく温まって来ると、醒めてしまった筈の酔いが、また戻ったような感じである。

湯から上って衣服をつけた。

ここが「かわせみ」のるいの部屋なら、浴衣に綿入れを重ねて、のんびりとくつろぐところだが、見ず知らずの他人の家ではそうは行かない。

帯を締め終った時に、先刻のおそのという女が入って来た。

「お袴は濡れて居りましたので、あちらでお手入れをさせて頂いて居ります」

とりあえず、こちらへ、と暗い廊下を案内されて突き当りの部屋の襖《ふすま》を開けると、そこは六畳ばかりで、炬燵が出来ている。

手あぶりには鉄瓶が湯気を立て、外の雪を忘れさせるような温かさであった。

東吾が座布団にすわると、女中が酒の用意をして入って来た。

「そのような心遣いは無用だ。夜も更けていること故……」

東吾がいいかけるのを、おそのが制した。

「只今、お駕籠を呼んで居ります。少々、お待ちくださいますように……」

改めて、女中を下らせてから手を支えた。

「お嬢さまをお助け頂き、なんとお礼を申し上げてよいやら……ありがとう存じます」

深く頭を下げた。

「あなた様が通りかかって下さらねば、今頃、私は旦那様への申しわけに、首をくくらねばなりません。お嬢さまにとりましても、私にとりましても、命の恩人でございます」

「それほどのことはないが……」

にじり寄って、おそのが徳利を手にしたので、なんとなく東吾も盃を取った。

湯上りに酒が旨い。

「娘御は……大丈夫なのか」

身投げは止められたが、今度は首をくくったというのでは、なんにもならない。

「おかげさまで、すっかり落ちついて居ります。着替えがすみ次第、こちらへ御挨拶に参ると存じますので……」

つまり、女中がついているということなのだろうと東吾は思った。

「お嬢さまは……お久麻さまと申し上げるのでございますが、まことに御不幸なお方で、先頃、縁談がととのいましたのですけれども、祝言がすんで翌日に、お実家《さと》へ戻されて……」

酌をしながら、そっと目頭を押えた。

「理由は、なんなのだ」

夜の中で判然と顔をみたわけではないが、格別の不美人には思えなかった。

「それが……」

ためらって、小さく告げた。

「お嬢さまは、初夜にお聟様をお拒みなさったとか……」

「相手が、気に入らなかったのか」

「左様ではございませず……」

東吾の顔色を窺《うかが》いながら、おそのが続けた。

「かようなことを他人様《ひとさま》のお耳に入れるべきではございませぬが、貴方様はお嬢様の命の恩人故、お打ちあけ申します」

お久麻は幼少の頃に、悪戯《いたずら》をされたことがあるのだとおそのはいった。

「その折の心の傷が……殿方をお拒みなさるのではないかと存じます」

流石《さすが》に東吾は答えようがなくて、盃を干した。

廊下に衣《きぬ》ずれの音がして、襖が開いた。

「お嬢さま、どうぞこちらへ……」

おそのが出迎えて、お久麻を東吾の横にすわらせた。

髪を結い直し、友禅の着物に着替えたお久麻は、今日、祝言をあげた七重と同じ年頃でもあろうか、細面《ほそおもて》の美しい娘であった。

「先程は、不心得を致し、まことにお恥かしゅう存じます」

消え入りそうな風情で頭を下げた。

「不心得とは思わぬが、俗に死んで花実が咲くものかと申すではないか。折角、美しく生まれついたのに、もったいないぞ」

娘の気持を少しでも軽くしてやりたいと東吾は思った。身投げを助けたのも、なにかの縁に違いない。

女中が新しい徳利と、お久麻のための膳を運んで来た。そちらにも盃がのっている。

「お嬢さまも一つ、召し上れ。お体が温まります」

おそのが東吾に酒を注ぎ、続けて、お久麻にも盃を持たせた。女中と共に、さりげなく部屋を出て行く。

「俺は医者ではないので、よくわからぬが、体の怪我《けが》が歳月をかけて治るように、心の傷も治せるのではないかと思う。なんなら、俺の友達の医者に訊ねてみてもよいが……」

お久麻が、東吾に酌をした。

「私、忘れていたのです。六つの時に親類の家へ遊びに行っていて……叔母が若い頃に行儀見習に上っていたお屋敷の若殿様が、なにか不都合を起して勘当になり、叔母の家の離れに厄介になって居りました。その人が、あたしに人形をやるといって……」

流石につらそうな顔をして、自分の盃に酒を足して飲んだ。

「あたし、泣きながら母屋へ帰りましたけど、自分がなにをされたのかよくわからなかったし、怖い気持が先に立って、叔母にも本当のことはいいませんでした」

ずっと自分の胸にしまって、誰にも告げなかったといった。

「その中《うち》に、忘れていたんだと思います。それなのに……祝言の夜、急に思い出してしまって……そうなったら、自分の体が自分のようではなくなって……」

東吾は、そっと、お久麻の盃に新しい酒を注いでやった。

「そういうことは、よくあるもんだ。犬に嚙まれた傷は、とっくに治っているのに、おとなしい犬をみても怖くなり、痕も残っていない傷が急に痛み出したような気分になったりするのと同じだ」

すがりつくような目で、お久麻が東吾をみつめた。

「あたし、一生、嫁に行けないでしょうか」

「そんなことはない」

「でも……」

「心の傷を治すんだ」

「どうやって……」

「そいつは、俺の友達の医者に訊いてみよう」

お久麻が激しく首を振った。

「お医者には治せません。治せるのは……」

る。

いきなり、東吾にすがりついた。

「あたしを抱いて下さい。お願い……」

娘の体の重みで、東吾は思わず畳に手を突いた。お久麻は遮二無二、のしかかって来る。

「よせ、なにをする……」

反射的に押しのけようとして、ふと、東吾は躊躇《ちゅうちょ》した。

ここで、自分が拒んだら、娘の心の傷は取りかえしのつかないことになりはしないかと思ったからである。

「待ちなさい。落ちつくんだ」

辛うじて半身を起し、抱きついている娘の肩へ手をかけて、東吾はお久麻が体を慄わせて泣いているのに気がついた。

声を立てず、眉を八の字に寄せて、涙で頰をぐしょぐしょにしているお久麻の表情は、どこか七重に似ていると思った時、東吾の心に深い憐憫《れんびん》の情が動いた。

肩をひきよせるようにして、東吾は娘に顔を近づけた。

「無茶なことを考えてはいけない。もっと自分を大事にするんだ」

お久麻が更に激しく東吾にすがりついた。

「あたしを助けて……抱いて下さい」

「しかし……俺は……」

「一度でいいんです。あたしは……あなたが好きです」

恥も外聞もなくすがりついて来る娘に東吾は悪い印象を持たなかった。若い女がこれだけ思いつめているのはよくよくだと思う。

それでも、ためらいがなかったわけではないが、もみ合っている手に、肌が触れ、手足が絡んで、次第に東吾はどうでもよくなっていた。

二

ねむったつもりはなかったのに、僅かの間、意識がなかったとみえる。炬燵布団から体を起すと、部屋にお久麻の姿はなかった。

立ち上って帯を締め直す。気がついてみると、部屋のすみの乱れ箱に、自分の袴や羽織、大小がおいてあった。

袴を着け、小刀を腰にさしたところで、廊下に人の気配があった。

「お供の御用意が出来ました」

襖を開けてみると、おそのが手をついている。

羽織を着せかけられ、太刀を手にして東吾は暗い玄関へ出た。駕籠が待っていた。

おそのが丁寧に頭を下げ、東吾はおそのに、お久麻のことを訊ねたいと思いながら、言葉にはならず、駕籠に乗った。垂れが下って、すぐに駕籠が上る。

宿酔《ふつかよい》のような気分で、東吾はぼんやりしていた。まだ、夢の続きのようである。

どのくらい揺られたのか、不意に駕籠が止った。垂れが上って高下駄を揃えられる。なんの気なしに外へ出て、東吾はあっけにとられた。そこは、永代橋の袂であった。

「おい、こんな所で下されてたまるか、俺の屋敷は……」

いいかけた時には、駕籠屋は一目散に駕籠をかついで本所のほうへ逃げて行く。追いかけようとして、東吾はやめた。改めて、四辺を見渡す。

雪はやんでいた。

空のすみのほうがいくらか明るくなっているのは、もう夜明けが近いということだろう。

今から「かわせみ」へ行って叩き起すのは気がひけたし、八丁堀の屋敷も同様である。

なんとなく、東吾は深川へ足を向けた。

長寿庵は、もう障子に灯影《ほかげ》が写っている。

板場のほうの窓からは、白く湯気が流れ出していた。

腰高障子を開けると、上りがまちのところで一服つけていた長助がとんで来た。

「若先生、いったい、どうなすったんで……」

「どうなすったも、こうなすったもあるもんか。とにかく、水を一杯くれないか」

実際、咽喉《のど》がひどく渇いていた。

長助が心得て、大きな湯呑に水をたっぷり注いでくれた。

板場のほうで働いていた長助の悴《せがれ》が、挨拶に来る。

「随分、早いんだな」

蕎麦《そば》屋の店が開くのは、昼前だと東吾は思っていた。

「ここらは深川をひかえてますんで、朝帰りのお客が腹をすかせてお寄りんなります」

その他にも、深川不動尊だの、富岡八幡だのへの参詣客が早朝からやって来るので、

「朝っぱら、ひとしきり商売を致しましてあとは午《ひる》近くまで休みますんで……」

「そいつは知らなかったな」

長助が酒をつけようとするのを断って、蕎麦を一杯、所望した。

「昨夜は、麻生様の御祝言で……」

夜あけまで祝宴が続いたのかと長助に訊かれて、東吾は頭へ手をやった。

「いや、終ったのは夜更けだったんだが……」

「ああ、雪で麻生様へお泊りになった……」

「違うんだ。帰り道に身投げを助けてね」

仕方がないので、ざっといきさつを喋った。

無論、肝腎のことは話さない。

長助は律義に聞いて、目を丸くした。

「そいつは、えらいことで……いったい、どちらの娘さんで……」

「親の名は訊かなかったが、娘はお久麻っていうんだ。女中の名前がおそのっていってね。多分、大店の娘と思うが……」

「小梅村のあたりには、大店の寮が少くございません。しかし、良いことをなさいました」

冬の川へとび込んだひには、溺れる前に心の臓が止ってしまう、と長助はいった。

「まあ死ぬために身投げをするんですから、そのほうがいいんですが、どういうわけか冬の身投げは、あんまり聞きませんで、やっぱり、人間、死ぬ前に冷てえ思いをするのはぞっとしねえと考えるんでございましょうか」

その時の東吾は、長助の言葉をあまり深く思案しないで、出来上った熱い蕎麦をすすり上げた。

長寿庵で駕籠を呼んでもらって、八丁堀の屋敷へ帰って来ると、ちょうど老爺が表の掃除をしているところで、みてみないふりで東吾を屋敷へ入れてくれた。

慌てて衣服を着がえて、兄に挨拶をし、いつものように出仕を見送ってから、兄嫁には宿酔だと断って、自分の部屋で布団をかぶって寝てしまった。

目がさめたのが午近くで、軽い腹ごしらえをすませると、東吾は用人に本所まで行って来ると告げて屋敷を出た。

外は眩しいほどの冬空で、昨日の雪が溶け出して道はぬかるんでいた。

永代橋を渡って深川から本所へ入る。

最初に東吾が足を止めたのは、昨夜、身投げを助けた場所であった。

六間堀に架っている猿子橋の袂である。

そこから、お久麻という娘をおぶって六間堀沿いに歩いた一本道を、東吾はまっしぐらに二ツ目之橋まで行った。

この辺りは岡場所だが、昨夜は雪のこともあり、夜も更けすぎていて、大方の家が戸を閉めていた。三ツ目之橋の先で竪川は横川と交差する。

東吾は横川沿いに道を取った。ここまでは記憶がはっきりしている。

入江町、長崎町と進んで、東吾はちょっと迷った。

その附近で渡った橋が北中之橋だったのか、もう一つ先の法恩寺橋だったのかが、いささか曖昧《あいまい》である。

おまけに橋を渡ってから、おそのは急に足を早めて、次々と道を曲って行った。

「東吾さんじゃありませんか」

だしぬけに呼ばれて、東吾は顔を上げ、思わず苦笑した。

畝源三郎の背後に長助がいる。

「どこへ行くんです。ひょっとして身投げを助けた娘の家じゃありませんか」

この友人の勘のよさに、東吾はあっさりかぶとを脱いだ。

「実は、そうなんだが……」

「憶えているんですか、その家を……」

「そいつがどうもいい加減でね」

「しかし、歩いてみれば思い出すでしょう」

「源さんは、どうしてこんな所へ来たんだ」

なんとなく、三人揃って北中之橋を渡った。

「長助から報告を聞きまして、少々、合点が行かないところがあったものでして……念のため、身投げ娘の家を探してみようと思ったのです」

「どういうところが、合点が行かないんだ」

「それは、肝腎の家をみつけてから申しましょう」

橋を渡ると土岐豊前守の下屋敷であった。その先が松平紀伊守の下屋敷になる。

「この辺をまがったんだ。とにかく、まっ暗でね」

細い道の右側は田圃《たんぼ》であった。

突き当りが白須甲斐守の下屋敷。

「大名の下屋敷って奴は、わかりにくいんだな」

敷地がだだっ広い上に、門は常に閉っている。建物は奥のほうにあって、外からは全く灯影すらみえはしない。

塀にしたところで、どこも似たような土塀で特徴がない。門も同様であった。

「なんだか、ここらをぐるぐる廻ったような按配だが……」

「むこうが、本法寺ですが……」

「無理だよ。源さん」

昼ならば、寺の伽藍《がらん》の大屋根が杉木立のむこうにみえもしようが、あいにくの雪の夜である。

「こっちは背中に娘をしょって、雪の中をころばないように歩くのがせい一杯ってところだったんだ」

本法寺の裏からは田と畑で押上村、柳島村、それに小梅村と入り組んでいる。

百姓家がぽつんぽつんとある間に、林に囲まれた瀟洒《しょうしゃ》な建物がみえるのが、日本橋あたりの大店の寮に違いないが、それは一軒や二軒ではなさそうであった。

「長助の話ですと、この界隈にそういった家は十軒余りもあるそうですが……」

大方は老夫婦の隠居所か病人のための保養所として建てられたものだが、なかには住んでいた者が死んだり、治ったりで空家になっているのもあるという。

そこからは長助の案内で、これと思う家を五、六軒廻ってみたが、昨夜の、あの家と思われるのはなかった。

東吾の記憶では、家の前に小柴垣のようなのがあって、背後には木立が何本かあったと思うのだが、廻った家はみんな、その条件にあてはまった。玄関の構造も家の大きさも似たりよったりである。

「まいったな」

本法寺のところまでひき返して境内の茶店へ入って甘酒を頼んだ。

「横川を渡ってから、また、川を越したということはありませんか」

源三郎に念を押されて、東吾はその点だけは、自信を持って答えた。

「川は越えていない。雪道だったから、それだけはわかるんだ」

「とすると、やはり、あの一角の中のどこかでしょうな」

甘酒を一口すすって、源三郎が東吾を眺めた。

「実は、長助が若い者と一緒に、今朝からあの附近の隠居所や寮を片はしから訊いて歩いたんですが、若い娘のいる家は一軒もなかったんです」

懐中から一枚の紙を取り出した。

隠居所や寮の持ち主の名が書き出してある。

「東吾さんの話から考えても、その家は横川と横十間川を西と東、割下水と北十間堀を南北にした囲みの中にあるに違いないと思います」

その区域は大名屋敷と旗本屋敷、御家人屋敷などの武家地と寺を除けば町屋は柳島町など、ほんの僅かで、残りは押上村、柳島村、小梅村の百姓地ということになる。

「その百姓地の中にある隠居所、寮は、十一軒でして、今のところ、人が住んでいるのが六軒、残りは無人です」

六軒はいずれも隠居所で、老夫婦が申し合せたように女中一人、下男一人を使って暮している。

「とにかく、お久麻という娘に関しては、全く、誰も知らないようでして……」

「しかし、俺は猿子橋の袂で身投げ娘を助けたんだ。そのあと、娘を家まで送って行って、少々のもてなしを受けた」

まさか狐に化かされたわけでもあるまいと東吾が笑い、源三郎が茶店の前に広がっている田圃を眺めた。そこは、まだ昨日の雪が白く残っている。

三

深川の長寿庵まで戻ってくると、日が暮れた。

「折角でございますから、軽く腹ごしらえをなすっていらして下さいまし」

女房に酒を運ばせて、長助が板場へ行ってから、源三郎が東吾にいった。

「申しわけありませんが、昨夜のことを、もう一ぺん、手前に話して頂けませんか」

東吾は話し出した。本所の麻生家を辞してから、橋の袂で女をみつけたところから始まって、送って行った家で湯に入って酒が出て、

「いけませんよ、東吾さん、この際、かくしごとは一切なしです」

聞き上手の源三郎に、つい、なにもかも白状させられた。

「成程、それで、駕籠から下りたら永代橋ということなんですね」

ちょうど種物が運ばれて来て、源三郎が東吾に片目をつぶってみせた。

「おるいさんに知れたら、とんだことですな」

長助が出て行くのを待って、そっといった。

「まさか、東吾さん、その娘に未練があって、訪《おか》ねて行ったんじゃありますまいね」

「そんなんじゃないんだ。どうも、昨夜から怪訝しい、怪訝しいと思って、気になって

仕方がないから、そいつを調べに来たんだ」

「どこが怪訝しいと思いました」

「あとから考えてみるといろいろあるんだ。第一、俺は娘の命の恩人だろう。それを、永代橋で置き去りにしたのはどういうことだ」

助けた時に、東吾は八丁堀組屋敷の住人だと名乗っていた。駕籠に乗ってから、駕籠屋は一度も東吾に送り先を訊いてはいない。それは当然、おそのが駕籠屋に行く先を命じていたために違いないのに、何故か永代橋の袂で、東吾を下して逃げ去った。

「源さんは、合点がいかないから、調べ出したといったが、そいつはどこなんだ」

長助が東吾の話を源三郎に伝えたのは、自分の縄張り内で、昨夜、身投げの未遂があったことを報告したのだが、源三郎はその話の中に納得しないものをみつけた。

「まず、場所なのですよ」

蕎麦をすすりながら、源三郎がいった。

「助けた場所が麻生家を出てすぐの猿子橋だというのに、その娘の家は柳島村か、押上村か、小梅村か、とにかく、かなり遠いんですな」

雪の夜更け、わざわざ猿子橋の袂まで来なくとも、川へとび込むつもりなら、近くにいくらもある。

「なんで猿子橋まで来たのかということです。それと、冬の川へとび込む身投げってのは、あんまりありません。まして、雪の夜です。人間というのは可笑《おか》しなもので、どうせ死ぬのだから、どうでもいいようなものですが、それでも寒い晩に川にとび込むってのは、死ぬ人間の側からいうと、嬉しくないもののようでして……」

念のために、長助に押上村界隈を調べさせてみると、どうも、お久麻という名の娘に該当するようなのがみつからない。

最初は、身投げをするような事情を抱えている娘がいると知って、捨ててもおけないと調べにかかったのが本当のところだったが、こうなってみると、どうも平仄《ひようそく》が合わなすぎると源三郎はいった。

「明日あたり、お屋敷へ男がゆすりに来るんじゃありませんか」

「俺が美人局《つつもたせ》にひっかかったというのか」

「話が、あんまり出来すぎていますんでね」

とにかく、あの附近の隠居所や寮についてもう一度、調べ直しをしてみるといい、源三郎は蕎麦湯を飲んで立ち上った。これから奉行所へ廻るという。

「東吾さんはかわせみへ顔をお出しになることですよ。今朝、嘉助に会ったんですが、おるいさんがいろいろと気を揉《も》んでいるそうですからね」

長年、七重が東吾に恋心を寄せていたのを承知しているるいであった。その七重が天野宗太郎の妻となって、るいの気持ちは複雑なのかも知れないと東吾も思う。

「源さんにいわれなくたって、これから行くつもりだったんだ」

「かわせみへお久麻という女が、どなり込まないといいですが……」

「なにをいってやがる。昨夜のことが、るいにばれたら、源さんのせいだぞ」

「そう思うなら、せいぜい友達を大事になさることですよ」

「喋るんじゃなかったな」

冗談をいい合いながら永代橋を渡って、二人はそこで西と南に別れた。

いくらか後ろめたい顔でやって来た東吾を、るいはいそいそと出迎えた。

「今日、天野様と七重様がおいで下さいましたの」

「早速、みせつけにやって来たのか」

るいの居間で、東吾は泥っぽねの上った足袋を脱ぎ、炬燵に胡座《あぐら》をかいた。

「東吾様から聞いたとおっしゃって……お祝を取りに来て下さいましたの」

京塗りの見事な夫婦椀を、るいは祝い物として用意したものの、なんとなく祝に行きそびれた。七重に対してあてつけがましいのではないかとためらったせいである。

そのことを、東吾が婚礼の日に告げたので、早速、二人でもらいに来たのだという。

「七重様が、とても喜んで下さって、これからは毎日、使って下さると……」

目をうるませていいながら、るいは自分の髪から一本のかんざしを抜き取った。

「これを、七重様が私に下さいましたの。七重様とおそろいなんですよ」

銀で平仮名文字の、のの字を打ち出した上に鴛鴦《おしどり》が二羽、載っているかんざしであった。

「七重様がおっしゃいましたの。思い思われて夫婦になったら、少々のことがあっても、指でのの字を書いて辛抱をして、一生、添いとげるのが幸せというものだと、七重様の殁《なくな》られたお母様がお教えになったとか。それで、このかんざしを御註文になって、一本を私に下さいましたの」

「あいつ、そんな殊勝なことをいっているのか」

「天野様が、自分は一生、七重様に、のの字など書かせない、と……」

「馬鹿だなあ。そんなのろけを黙って聞いてやったのか」

「お二人とも、お幸せそうで、ほっとしました」

「今度来たら、水をぶっかけてやるといい。放っておくと、なにを聞かせられるか知れやしないぞ」

お吉が風呂の湯加減の出来たのを知らせに来て、東吾は威勢よく立ち上った。

「そんなかんざし、うっちゃっちまえ。俺だって、るいにのの字なんか書かせやしねえ」

大股に風呂場へ去った東吾を見送って、るいはそっとかんざしを小ひき出しにしまった。

庭で、昨日の雪が枝から落ちる音がした。

暫《しばら》くの間、東吾は身投げの女にこだわっていた。

まさか美人局とは思わないが、どうも寝ざめがよくない。

月のなかばに狸穴《まみあな》の稽古に出かけた。

帰って来ると、「かわせみ」の庭には、もう梅が咲き出している。

それから四、五日して、東吾は兄嫁の供をして本所の麻生家へ行った。

門のところで、ちょうど外出から戻って来た七重と出会った。

「茶の湯の同門のお友達が、近く御祝言をおあげなさるので、お祝に行って参りましたの」

玄関を入りながら、七重がいい、東吾がなんの気なしに訊いた。

「そいつはいくつだ」

「私よりも一つ下です」

「この節は、みんな、ゆっくり嫁《ゆ》くんだな」

「清水様の琴江様はお体が弱かったからですわ」

「美人か」

「ええ、東吾様は、いつか、お会いになっていますのに……」

向島の茶会に、兄の通之進の供をして行ったことがあるのだが、その茶席で七重と共にお点前《てまえ》をしていたという。

「一度、会ったくらいじゃおぼえていないさ」

「でも、琴江様は、東吾様のことを、よくお話しになりました」

「調子のいいことをいいやがって……どいつもこいつも嫁に行っちまうんだからな」

そんな冗談が出るのも、天野宗太郎と七重の仲がむつまじいからで、その宗太郎は麻生家の裏庭を畑にして、薬草の種子を播《ま》いている。

「義父上《ちちうえ》がお許し下さったので、近所の病人から頼まれると、医者をやっているのです」

相変らず屈託のない顔である。

七重のほうは、姉と蔵へ入って、なにか探し物をしているらしい。

宗太郎の仕事を眺めながら、東吾はさりげなく訊ねた。

子供の頃の不幸な経験が男を拒むという、例の娘の話の信憑《しんぴょう》性についてであった。

「そういうことは、たしかにありますよ」

一種の心の病だが、

「男をよせつけなくなったり、男に恐怖感を持ったり、もっと、ひどいのになると、男に対して被害妄想を抱き、凶器をふるったりする例もあるそうです」

「物騒だな」

「大方はきっかけがあれば、案外、簡単に治るのですが……」

「きっかけとは……」

「好きな男が出来て契《ちぎ》ることです。一度、男を知れば、あとはなんということもありません」

「成程……」

「東吾さん、なにか心当りがあるのですか」

「冗談じゃない、御用のほうで、そういう話を聞いただけさ」

笑って、東吾はその話を打ち切った。

更に、それから十日ほど過ぎて長助が思いがけない話を聞いて来た。

「うちの若い者が、湯屋で耳にしたんですが、本所緑町の駕籠屋が商売物の駕籠を盗まれたってんです……」

兄弟で駕籠かきをしていて、緑町の裏長屋に暮している。

「なんとも馬鹿げた話でして、一ぺん、盗まれた駕籠が翌朝には、ちゃんと戻っていたてんですが、そいつが一月の雪の晩の出来事なんです」

つまり、七重の祝言の夜のことで、雪で客もないからと早じまいにして飯を食い、湯屋へ行って帰って来ると、軒下に入れておいた駕籠がない。

「びっくりして、そこら中、探し廻ったが、みつからないんで、やけ酒を飲んで寝ちまったところ、夜があけてみたら、ちゃんと元の場所に戻っていたそうでして、自分達のかんちがいでねえ証拠には、戻っていた駕籠のまわりには、かついで来た人間の足あとが残っていて、そいつは横川のほうまで続いていたっていいます」

「待ってくれ、その駕籠屋に会わしてくれないか」

東吾にぴんとくるものがあって、長助と緑町の長屋へ行った。

弥十に弥八という兄弟は三十をすぎているが、どっちにも女房はいない。

同じ長屋の隣に孝市という按摩がいて、その母親が頼まれて弥十兄弟の飯の世話をしているといった。

東吾が訊いてみると、二人が湯に出かけたのは夜五ツ（午後八時）すぎ、東吾はまだ麻生家にいた時分である。

もし、この駕籠が、東吾を永代橋まで送って来たものだとすると、犯人はあらかじめ東吾が身投げを助け、その家まで送って来ることを想定して、駕籠を盗んで用意していたと考えねばならない。

「若先生を送るのに駕籠屋を呼んだら、そこから足がつくと思ったんでしょうか」

と長助はいったが、駕籠だけ盗んで素人がかつぐというのは無理なように東吾は思った。

あの夜、東吾が乗った駕籠は、どちらかというと上手な駕籠かきだった。

「朝みつけた足跡は、どっちへ向っていたんだ」

東吾に訊かれて、弥十が道を指した。

長屋の方の道から横川へむかっていて入江町の前でわからなくなった。

「なにしろ、雪かきが始まっていたもんで……」

入江町は商家が軒を並べている。

が、その道は東吾がお久麻を背負って歩いたのと一致していた。

いずれにしても、犯人は緑町の長屋に駕籠かきが住んでいるのを知っていたことになる。

念のために、弥十兄弟に押上村や柳島村あたりの隠居所か寮に呼ばれて行ったことはないかと訊ねてみたが、

「あっちのほうは流したこともねえですし、呼ばれたおぼえもありませんが……」

という返事であった。

その東吾の前を、孝市という按摩が杖をたよりに石原町のほうへ行った。

一日考えて、東吾は長助に孝市の立入り先を調べてもらいたいといった。

「比較的、よく呼ばれて療治に行く家で、柳島村か押上村、小梅村あたりってのがないかどうか……」

心得て長助はとんで行ったが、一刻あまりで戻って来ての話によると、孝市の得意先は比較的近くでは三笠町か長岡町などの割下水沿いの町家か、遠いところでは狸堀の石原町、もしくは大川に沿った番場町、北本町などで、百姓地のほうには稼ぎに行っていないという。

東吾はがっかりしたが、それから二日経《た》って、長助が畝源三郎と一緒にやって来た。

「北本所の番場町の名主で、中田五郎左衛門というのが、孝市をひいきにして月に三、四回、療治をさせているのですが、その中田五郎左衛門の持ち家が押上村にあるのです」

五郎左衛門の姉が病身で、その保養のための別宅として造ったのだが、二年前に当人

が病死して、以来、人は住んでいない。

「無駄かも知れませんが、行ってみますか」

と源三郎がいい、東吾は早速、押上村へ出かけた。

いつの間にか春になっていて、畑の道には壺すみれやたんぽぽが咲きはじめている。

中田家の寮は押上村の中でも北十間堀に近いところにあった。

小柴垣をめぐらし、家の裏手には木立がある。

「ちょいと開けてみますか」

無人なのを幸い、長助が雨戸を一枚はずした。中田家にはことわって来たという。

そこから上へあがってみて、東吾は胸を轟《とどろ》かせた。

玄関から風呂場、廊下から例の部屋と、あの夜の記憶に寸分たがわない。

「この家ですか」

源三郎が念を押し、それから困ったようにいった。

「ただ、中田五郎左衛門には娘はいません。息子は二人いますが、上が十八歳で、下が十五です。無論、二人共、まだ独りで、五郎左衛門の女房はお貞といって三十七になる女ですが、骨太の大女でして……」

それでは、おそのにも該当しない。

「五郎左衛門に、他の兄弟はいないのか」

「妹が一人いるそうです。御殿奉公に上っているとかで……なんでも、清水帯刀《たてわき》と申す旗本の屋敷でして……」

「清水……」

うっと東吾は息を呑んだ。

まさかと思う。

しかし、たしかに七重はあの時、いった。七重と茶の湯の同門の友達で、清水琴江という娘が近く嫁入りをする、と。

「源さん、俺は、なにがなんだかわからなくなった……」

茫然としている東吾を囲むようにして、源三郎と長助が深川の長寿庵まで帰って来ると、長助の悴がとんで来た。

「今しがた、お父つぁんを訪ねて女の人が来たんだ。なんでも、たのみたいことがあるといって……番場町の名主の妹とかで、おそのという……」

二階の部屋に通してあるといわれて、東吾が長助を制した。

「そいつは俺の客だろう。ここで待っていてくれ」

階段を上ってみると、部屋のすみに中年の女がひっそりとすわっている。

東吾をみて、小さく声をあげ、すぐに手を突いて頭を下げた。

やはり、あの、おそのである。今日は武家の奉公人らしく髪型も、着るものも固苦しい。

「兄に呼ばれまして……もはやかくし通すことは難しい。なにもかもお話し申してお許しを乞うようにといわれました」

低いが、しっかりした声である。

「すると、やっぱり、清水琴江がお久麻さんだったのか」

「お気の毒なお嬢さまなのでございます」

子供の時に悪戯をされたのは本当だとおそのはいった。

「それが傷となって、最初のお輿入れの時初夜の契りをお拒みになって、それ故、破鏡となりました」

だが、いつまでも実家に居すわっているわけにも行かない。

「昨年の春に、母上様が御病気になられ、御自分の生きている中に、なんとか再縁をまとめるようにとおっしゃいまして……」

幸い、再婚でもよいという相手がみつかった。

「お嬢さまも、あのお方ならと心が動かれたのでございますが、いざ、御祝言が近づきますとお悩みが深くなりまして……」

もしも初夜にまた不都合があったら、とり返しのつかないことになる。新嫁が契りを拒んだり、結ばれないような状態になってしまったらと当人がいい、おそのも不安になった。

「お医者に相談いたしましたところ、やはりその時になってみなければわからないといわれてしまいまして……」

一番いいのは、誰かにあらかじめ試してもらうことだが、ことがことだけに誰でもよいとはいかない。

「なによりも、お嬢さまがその方を好いていなければ、無事にことは始まらぬと申されまして……お嬢さまに申し上げたところ、貴方様のお名前が出ました」

琴江は、東吾に対して長いこと、淡い恋心を持っていたとおそのはいった。

「お人柄といい、お立場といい、願ってもないと存じましたが、まさか、ことをわけてお頼み申せることでもございません。御祝言の日は近づいて参りますし、せっぱつまって、遂にあのようなことを致しました」

おそのの兄の中田五郎左衛門の持ち家を使って東吾を誘い込んだ。

「往きはともかく、お帰りは余程、上手にお送り申しませんと、家がわかってしまいます。それで、兄のところへ療治に来ていた孝市の隣に駕籠屋がいるのを聞いて居りましたので……」

「駕籠はわかったが、かついだのは誰です」

「清水家に古くから御奉公申している陸尺《ろくしゃく》でございます。忠義者でございましたので……」

「成程、お旗本の陸尺なら、かつぎ方が上手な筈だ」

ふっと苦笑して、東吾が訊ねた。

「それで……お久麻どのはもはや祝言をすまされたのであろうな」

「はい」

「御夫婦仲は……」

「まことに、おむつまじゅうございます」

「それは重畳……」

東吾が立ち上ったので、おそのは慌てて中腰になった。

「お願い申しまする。何卒《なにとぞ》、お嬢さまとのこと、御他言下さいませぬよう……」

からっとした声で東吾が応じた。

「こっちこそ、他言無用に願いたい。もしも大川端のかみさんにばれたひには、えらいことになる」

まさか別れるとはいうまいが、のの字を書いて、るいが耐えるのでは一生、頭が上らなくなる。東吾にしてみれば、あんな一夜のことで、るいを泣かせたくなかった。

階段を下りて来ると、長助と源三郎が不安そうに東吾をみている。東吾は明るい調子でいった。

「話はすんだ。いつかの雪の晩、俺はどうやら、狐に化かされたらしいぜ」

そのまま長寿庵の店を抜けて、外へ出た。

あたたかく、しめり気のある夜気が如何《いか》にも春であった。

永代橋を渡って大川端へ急いで行く東吾の頭上に淡い三日月が出ている。

鬼《おに》の面《めん》

一

その年の節分は、暮の二十五日であった。

旧暦の時代では、年の内に立春が来るのは珍しいことではなく、むしろ、江戸の人間の多くは、年の暮に節分を迎え、厄を落してから元旦を迎えるのが気持のよいことだと考えているようなところもあった。

大川端の小さな旅宿「かわせみ」でも、門口に柊《ひいらぎ》に鰯《いわし》の頭を刺した厄除けを打ちつけ、一升枡《ます》に大豆を盛ったのを、番頭の嘉助が神棚に供えているところへ、東吾がひょっこり顔を出した。

「練兵館の斎藤先生の所へ行って来たんだ」

懐中から取り出した包は、練兵館の近くの団子屋のもので、

「毎度、気が変らないが、みんなの茶請《ちゃう》けにしてくれ」

嘉助に渡そうとした時、ちょうど二階の梯子段を下りて来た客があった。縞《しま》の着物に縞の羽織、手に鬼の面を持っている。

「お出かけでございますか」

すかさず、嘉助が声をかけたのに、やや、くぐもった声で返事をした。

「浅草へ、厄除けの守札《おまもり》を受けに行って来ます」

「それでは、駕籠をお呼び申しましょう」

「いやなに、その先で拾って行きますので……」

嘉助の揃えた草履をそそくさと突っかけた。

「お気をつけていってらっしゃいまし」

暖簾《のれん》の外まで嘉助が見送りに出て、その代りのように、台所から小走りにるいが帳場へやって来た。

「やっぱり東吾様でした」

団子包は、すんなりるいの手におさまって、

「よかった。今日の豆撒《ま》きは東吾様にして頂きましょう」

如何にも嬉しそうな笑顔になって、入口から戻ってきた嘉助にいう。東吾はその嘉助に訊いた。

「今の男、鬼の面を持っていたな」

「厄年なんだそうでございます」

「鬼の面は厄除けか」

「誰がいい出したんだか知りませんが、一昨年あたりからでございましょうか、鬼の面をかむって節分の豆に当ると厄除けになるといい出しまして……」

節分が近づくと、江戸の社寺の境内で鬼の面を売り出す。いわゆる、はりぼてに極彩色で描いた赤鬼、青鬼の面だが、厄年の男は青鬼の面を、同じく厄年の女は赤鬼の面をかむって節分の時に撒く豆に当り、その後、鬼の面を川へ流すと厄払いの霊験あらたかだといい、けっこう流行《はや》っているらしい。

「道理で、練兵館からここへ来る途中にも、鬼の面を持ってうろうろしている奴をみかけたんだ」

るいにひっぱられて奥の部屋へ通ると、違い棚には立春大吉のお札と小さな福寿草の鉢がおいてある。

「随分と、気が早いな」

黄色い花に東吾が顔を近づけると、るいがいった。

「出入りの植木屋の小父さんが、つい、さっき届けてくれたんですよ。今年は暖かいので、いつもの年より早く咲いたそうです」

たしかに例年よりは暖かい年の暮であった。

「向い合って炬燵に膝を入れたところに、お吉がやって来た。

「番頭さんが、若先生にお団子を頂戴したと申しますので……」

るいが長火鉢の横においた包を早速とり上げて、

「頂いて参ります」

とお辞儀をしながら、つけ足した。

「若先生は、御酒に致しましょうか」

「冗談いうな、酒は豆撒きのあとだ。その前に、俺にも団子を一本よこせ」

「では、あちらでお皿に分けて参りましょう」

いそいそとお吉が出て行ってから、るいは長火鉢の鉄瓶をのぞいて東吾のために茶の仕度をはじめた。

「番頭さんも年ですね。東吾様のお土産のお団子が楽しみなんて……」

「嘉助、いくつだ」

「来年の年男です」

「六十か」

するとその昔、まだ子供だった東吾が八丁堀の空地で、るいを相手に凧あげに夢中になって日が暮れたのも気づかずにいると、きまって迎えにやって来て、屋敷へ送ってくれた、あの頃の嘉助はまだ四十にもなっていなかったわけである。

「俺には、嘉助がちっとも年をとらないように思えるんだ」

「髪は白くなりましたけれど……」

世間並みにいえば、隠居して孫のお守りでもしている年齢であった。嘉助の女房は早く病死したが、一人娘は裕福な木綿問屋へ嫁入りして、三人の子に恵まれている。仮に嘉助が孫達と暮したいといい出せば、喜んで迎えに来る娘聟でもあった。

「娘さんにはすまないのですけれど、あたしにとっても、このかわせみにとっても、番頭さんは大黒柱のような人ですので……」

「嘉助だって、そのつもりだろう。あいつに日なたぼっこの爺さんは似合わねえ」

「でも、ここに居れば、いつ危いめに遭うかも知れませんし……」

「源さんにいっといてやるよ。あんまりかわせみに厄介を持ち込むなと」

だが、別に畝源三郎が事件を持ち込むわけでもなかった。強いていえば、事件のほうが「かわせみ」へとび込んで来るのだ。

「私達がいけないのですわ。八丁堀育ちはつい、他人様《ひとさま》の揉め事が気になって……」

るいが東吾の前に湯呑をおいた時、お吉が団子をのせた皿を運んで来た。他に木鉢に旨そうな干柿を少々盛りつけたのも炬燵の上へおく。

「信濃からおみえのお客様から頂戴したんですよ。そりゃ甘くておいしいんです」

長火鉢のむこうへ廻って、炭を足しながら話し出した。

「そのお客様から聞いたんですけど、節分に撒いたお豆を拾っておいて、初雷の日に食べると絶対に雷に打たれないっていうそうですよ」

「そいつはいいじゃないか」

東吾は手を打った。

「早速、今夜の豆をとっておいて、雷がなったらるいに食べさせるんだ。そうすりゃ、夕立が来るたびに蚊帳《かや》を吊らなくってすむ」

るいの雷嫌いは、子供の時に近くの木の下にいた男が雷に打たれて黒こげになったのをみて以来のものである。

「本当なんでしょうか」

るいのほうは半信半疑で、

「江戸じゃそんなこと、今まで聞いたことがありませんのに……」

「なに信濃の雷にきくまじないが、江戸の雷にきかねえってことはあるまい」

東吾はさっさとるいの不安を封じ込んだ。

「それにしても、信濃の客ってのは、この年の暮になんで江戸へ出て来たんだ」

商売の集金かと東吾は想像したのだが、

「上田のほうの庄屋の手代なんですよ。御主人の江戸の知り合いにお祝事があって、代理で祝物を届けに来たんです」

「いつから逗留《とうりゅう》しているんだ」

「四日前からなんです。本当は今日、お発《た》ちになる筈だったんですけど、折角の江戸の節分なんで厄落しをして帰ろうって、一日延ばししたんです」

すると、先刻、出かけて行った鬼の面を持った男かと東吾は思った。が、信州の庄屋の手代にしては垢《あか》ぬけたところがある。

「まあ、召し上ってみて下さいまし。干柿は万病に効くといいますし……」

お吉に勧められて、東吾はやむなく木鉢の干柿に手をのばした。

二

日の暮れ方に、家々の豆撒きが始まった。

各々の家から、

「福は内、鬼は外」

の声が響き、町内の世話役があらかじめ出入りの若い衆をやとって扮装させた赤鬼、青鬼が往来を年男の投げる豆に追われて逃げ廻り、その鬼がおっかなびっくり見物に出て来た子供達を追いかけるといった具合で、表は大さわぎになった。

東吾も嘉助と二人がかりで「かわせみ」に豆を撒き、店先へとび込んで来た青鬼、赤鬼には、るいが用意した祝儀を渡したが、暫《しばら》くの間は歓声やら、子供の悲鳴、泣き声などで家の中にいても、大声を出さないと話が通じない有様であった。

鬼やらいの行列の中には、例の鬼の面をかむって、頭巾やら頰かむりをした男や女が年男や子供達の撒く豆を浴びて右往左往している。

「いくら厄除けだからといって、お豆がじかに当ると痛いし、寒さよけにもなるから皆さん、ああやって頭巾や頰かむりをなさるんですよ」

門口で見物していたお吉が東吾にいった。

家の内外での豆撒きが終ったところで、東吾は八丁堀の屋敷へ帰った。

いつものことで、こうした年中行事のある日は、兄がやかましいので屋敷を留守にすることが出来ない。

神林家の豆撒きは当主の通之進が帰邸してからのことで、これはもう夜が更けてからであった。

翌朝、立春の祝膳を兄と向い合ってすませ、通之進の出仕を見送ってから、東吾は自分の部屋で竹刀《しない》の手入れをしていた。

畝源三郎がやって来たのは午《ひる》近くなってからで、

「源さん、まさか、立春早々、人殺しでもあるまいな」

と笑いかけた東吾へ、低くいった。

「その、まさかです」

殺されたのは、日本橋馬喰町の麻苧《あさお》問屋信濃屋の主人で吉三郎。

「それだけなら立春早々、東吾さんをわずらわせもしませんが、下手人としてしょっぴかれたのが、かわせみの客でして……」

それだけで、東吾は屋敷をとび出した。

大川端の「かわせみ」へ着くまでに源三郎が話したのは、吉三郎の死体が信濃屋の倉の長持の中から見つかったということであった。

「その長持は正月の飾り物などをおさめてあったもので、今朝、信濃屋の番頭が用事で倉へ入り、長持の中に入っていた筈のものが外に出ているので、不思議に思って長持の蓋を開けて血まみれの吉三郎の死体を発見したそうです」

「血まみれというと刃物で刺されたわけだな」

「出刃庖丁で、めった突きにされていたようで……」

その出刃庖丁は長持の中にあったという。

「下手人は、信濃屋の知り合いか」

「以前、信濃屋の主人だった男で和助といいます」

もともと信濃屋に奉公していて、先代の主人善兵衛にみこまれて、一人娘のお春の聟養子になった。

「夫婦の間にお初という娘まで生まれたそうですが、どういうわけか、和助のほうで離縁をとって信州へ帰ってしまったようです」

「すると、殺された吉三郎は……」

「和助と別れてから、お春が再縁した相手で、品川のほうの麻苧問屋の三男だといいます」

やはり聟養子であった。

「つまり、お春の最初の亭主が、今の亭主を殺したってわけか」

「かわせみ」へ着いてみると、番頭の嘉助が帳場のところで深川の長助と話をして居り、そのそばにるいとお吉がやや青ざめた表情ですわっていた。

暖簾を分けて入って来た東吾と源三郎をみて、ほっとした顔になる。

「あいすみません。旦那……」

すぐに長助が立ち上って頭を下げた。

「馬喰町の久六って奴は、どうも功名心が先走ったようなところがありますんで……」

本来なら「かわせみ」の客が下手人らしいとわかっても、店先から縄つきを出すようなことをせず、筋を通して裏口からそれとなく連れ出して番屋へ送り込むところを、立春の朝から「かわせみ」へやって来て、派手に縄をかけて行ったことを、長助は憤慨している。

「和助というのは、昨日、俺がここで出会った男だな」

あの時、鬼の面を持って浅草寺へ厄落しの参詣に行くと出かけて行った。

「帰って来たのは、いつだった」

「日が暮れて間もなくで……まだ六ツ（午後六時）にはなっていなかったと存じます。寒けがするのでお酒が欲しいとおっしゃいまして、お吉が御膳を運んだんですが……」

待っていたように、お吉が膝をすすめた。

「お銚子を一本、御膳に添えて運びましてお給仕をしようとしたら、考えごとがあるので自分でするからって……」

どこか落ちつかないふうだったといった。

「ところが、そのあと、お客が参ったのでございます」

嘉助がお吉の話をひき取った。

「若い娘さんで、信濃屋のお初が来たと取り次いでくれといわれまして……和助さんは手前と一緒に帳場へかけ下りて来まして……」

娘が、和助をお父つぁんと呼び、和助の顔はみるみる涙になった。

「娘さんは和助さんの部屋へ行って、半刻ばかり話をしたようでございます。どちらも泣いた顔で帳場へ戻って来まして……手前が駕籠を呼び、娘さんはそれで帰って行きました」

「その時の和助の様子は、どうだった」

と東吾。

「両目は涙で一杯でございましたが、晴れ晴れとした様子で、もう思い残すことはない、明日は早発ちで信濃へ帰るとおっしゃいました……」

「早発ちで信濃へ帰るといったのか」

「左様でございます」

嘉助が正面から東吾と源三郎をみつめた。

「もし、和助さんが人殺しをして来たのなら、なんとでも口実を設けて昨夜の中に江戸を発つ筈でございます。誰がのんびりと宿に泊って居りますものか」

「和助をしょっぴいた久六は、なんといっている……」

長助が答えた。

「久六の奴は、吉三郎の死骸が長持の中なので、朝になっても容易にみつかるまいと、たかをくっていたのだろうと申しますんですが……」

「和助が下手人だという証拠は……」

「吉三郎の姿がみえなくなった時刻……昨日の鬼やらいの時分らしゅうございますが、その頃に、信濃屋で和助をみた奴がいるそうで……女中のおつねと小僧の松吉だと申します」

「それだけで和助が下手人だというのか」

「和助は吉三郎を怨んでいたようで……吉三郎は和助が聟養子に入った頃から、お春さんに惚れていて、あることないこと、お春さんやお春さんのお袋のおくらさんに告げ口して、それで、和助が居たたまれなくなって離縁をしたと……」

「成程……」

東吾が少しばかり笑いを含んで訊ねた。

「和助が信濃屋から暇をとったのは、いつの頃なんだ」

「娘のお初さんが二歳だっていいますから……今から十六年も前のことで……」

「十六年目の仇討か」

とにかく、信濃屋へ行ってみようと東吾がいい、源三郎に長助が供をして大川端を出た。

立春とはいっても、師走の内で町はどことなく慌しい。

信濃屋は大戸に簾《すだれ》を下し、忌中の札が出ていたが、家の中はごった返して通夜の仕度も出来ていない。

「隠居の善兵衛さんの具合が悪くなったそうで、医者が来ています」

先に様子をみに行った長助が伝えた。

その長助が番頭の吉右衛門を呼んで来て、東吾と源三郎は店から入り、倉を改めることになった。

倉は内倉で、店の奥にあった。

帳場の後ろの暖簾をくぐると、そこが廊下で右側に倉の入口がある。倉の前の廊下をへだてた部屋は番頭二人と手代達が起居する十畳で、倉の隣は主人夫婦の居室、その隣が娘のお初の部屋、廊下の向い側は隠居夫婦で、突き当りに台所と内風呂、女中部屋がある。

「こんな家の中の倉で、人殺しがあったんでございますかね」

長助が意外そうにいった。

倉の戸は閉まっていた。

「今朝ほど、お役人がみえましていろいろお調べがありまして、そのあと旦那の御遺骸を外へ出しましてから、元のように閉めまして……」

長持は倉の中だといった。

「それでは、戸を開けてくれ」

東吾がいい、吉右衛門が扉に手をかけた。

鍵はかかっていないが、古いせいか扉がきしんで、なんとも大きな音を立てる。

「まるで、店中に響き渡るようだな」

苦笑して東吾が番頭に訊ねた。

「倉の戸はいつも閉めてあるのか」

「はい。格別、用事のない時は閉めたきりでございまして……」

「昨日はどうだった」

「節分の豆を撒きますので朝から開けてございました」

「閉めたのは……」

「夕方でございます。御町内の鬼やらいの行列が終りましてから、手前が源七と共に閉めました」

大体、暮六ツ（午後六時）だったといった。

「次に開けたのは、今朝だな」

「はい、源七が倉に撒いた豆の掃除をしなければと申しまして、手前と一緒に開けました」

「吉三郎の死体をみつけたのは、お前か」

「左様で……源七が手箒《てぼうき》で散らばっていた豆を拾い集めて居りまして、長持にしまってあった筈の道具類が外に出ていると申しましたので……」

その長持は倉の入口からすぐの壁ぎわにおいてあった。

源三郎が蓋を取ってみると、内側は血がまっ黒に固まっている。

「いずれ、お役人様のお許しを頂いて焼くなりいたしませんことには……」

大きな長持であった。かなり古くて蓋には幾筋ものひび割れが出来ている。

「吉三郎の死体は、この中にあったのだな」

「はい、うつ伏せに押し込んだような恰好《かっこう》でございました」

「吉三郎の姿がみえなくなったのは、いつだ」

「それは、家中の豆撒きが終ってからでございます。御隠居様御夫婦とおかみさんとお初お嬢さんが光仙寺様へおまいりにお出かけになったあと、裏口からお出かけになったそうで……」

下女のおつねに、

「深川まで行って来る」

といい残して出て行ったという。

「深川へ何をしに出かけたんだ」

東吾が畳みかけて訊き、吉右衛門はいいにくそうに口ごもった。

「その……おりんさんの所ではないかと……」

「おりん……」

「深川の芸者でございます。旦那様が贔屓《ひいき》にして居りまして……」

「そうか、昨夜、吉三郎が帰って来なかったのを、その女のところへ泊ったと思って、誰も不審に思わなかったわけだな」

「まあ、そのようなところで……」

「吉三郎はよく、その女の家に泊るのか」

「月に四日か五日でございましょうか……おかみさんと口論をなさいますと、ぷいっとお出かけになって……」

「昨日も、夫婦喧嘩があったのか」

「おかみさんとではございませんが、豆撒きの前に、御隠居様が旦那様を倉へお呼びになりまして……」

「叱言《こごと》をいったのか」

「店に居りましたので、たいして聞えたわけではございませんが、深川のほうと手を切らなければこの店を出て行ってもらうと……」

「店にいて、そんなことまで聞えるのか」

「倉の戸が開いて居りますと……それに正直のところ、店の者はみんな耳をすまして聞いて居りました」

「店には誰がいたんだ」

「表の奉公人はみんな居りました。手前と、もう一人の番頭の源七と、手代の卯之助、与五郎、小僧の松吉と仙太郎でございます」

時刻からいうと、隠居の善兵衛が吉三郎を倉へ呼んで叱言をいい、そのあとで店中の豆撒きがあって、隠居夫婦とお春とお初がそろって寺へ出かけてから、吉三郎が深川へ行った。

「隠居達が帰って来たのは……」

「町内の鬼やらいの行列が来る少し前でございます。奥で一服なさって、鬼やらいが参りましたから……」

「その時、吉三郎は居なかったのだな」

「はい……」

深川へ行くといって出かけたきり、店の者は誰も吉三郎の姿をみていないという。

倉の戸が閉まったのは、鬼やらいの行列が終ったあとのことであった。

「もし、夜半に誰かがこの倉の戸を開けて、吉三郎の死体をかつぎ込んだとしたら、寝ている者が気づかないことはあるまいな」

「それはもう、これだけの音を立てますので、ぐっすりねむっていたとしても、目がさめないわけはございません」

奉公人達の部屋は倉と廊下をはさんで、すぐ前にあった。

「昨夜の家の戸じまりは……」

「別に、いつもと変ったことはございませんでした」

すると、吉三郎は一度出かけて、どこかで殺されて、下手人はその死体を鬼やらいが終る前に倉の中へ運び込んで長持に入れたか、或いは、吉三郎自身が帰って来て、倉の長持の中で殺されたかになりそうであった。

「外から死体を運ぶというのは、どうでしょうか」

まだ夕暮前であった。

仮に隠居夫婦やお春、お初達が留守の間だったとしても、店には奉公人が居り、奥には女中が働いている。みとがめられずに大の男の死体を倉の中へ運び込めるかどうか。

「むしろ、倉の中で殺されて、長持に入れられたとみるほうがよいでしょう」

倉の中には、血痕が残っていた。それは最初から付いていたのか、店の者が吉三郎の死体を取り出す時に落ちたものか、今となってはわからない。

「なにしろ、あわてて居りまして、夢中で旦那様の死体を長持から出したんでございます。手前と源七と、かけつけて来た手代の卯之助と……ところが久六親分がみえまして、元のようにしておけといわれましたので……」

一度、外へ出した死体は、またもう一度、長持の中へ戻り、取調べを終えてから納棺のため、又、取り出された。

そのせいで、倉の床にはかなりの血がこびりついている。

「そういうことだと、お前達の着物にも吉三郎の血がついた筈だな」

「はい、三人共、あとから着物を着がえましたが……」

吉三郎の体を長持から出す時に、胸や袂に血がついた。

もっとも、血はすでに固まっていたので、それらはたいしたものではなかったらしい。

「それでも、気味が悪うございまして……」

ぼつぼつ髪に白いものがみえる老番頭は思い出したように身慄《みぶる》いした。

三

倉を出てから、東吾は長助に何事かをいいつけ、自分は源三郎と共に帳場に来て、吉右衛門に命じて、まず昨日、和助の姿をみたという下女のおつねを呼んでもらった。

出戻りだという大女で、力仕事は得意そうだが、あまり気働きのあるようではなく、おどおどした様子で番頭にひっぱられて店へ出て来た。が、喋らせてみると意外とはっきり、ものをいう。

「和助さんをみたのは豆撒きを終って、御隠居さんやおかみさん達がお寺へ出かけなさったあとです。裏口からすっと入って来て、吉三郎旦那はいるかと訊きました」

「お前は、和助の顔を知っていたのか」

「知っている段じゃありません、あたしは十三からここの家に奉公して、その時分、和助さんはお店の奉公人でした。あたしは十八で嫁に行って、一年で亭主に死なれて、また、ここへ奉公に来たんですけど、その年に和助さんはここのおかみさんと夫婦になったんです」

前後合せて六、七年も顔を合せた男だから久しく会わなかったといっても、見忘れるわけがないといった。

「しかし、和助は信濃へ帰ったんだ。十六年ぶりに江戸へ出て来たんだから、だしぬけでびっくりぐらいはしただろう」

と東吾。

「それはそうですけど、その前におかみさんと御隠居さんが、和助さんが江戸へ出て来ているって話をしているのを聞きましたから、それほどには……」

「お春と隠居は、和助が江戸へ出て来たのを知っていたのか」

「ええ、お初お嬢さんに一目会いたいっていって来たとか……」

「それで、お初を和助に会わせる話になっていたのか」

「よく知りません。御隠居さんは迷ってお出でなさるふうでした」

「お春は……」

「知りません。おかみさんに訊いて下さい」

源三郎が横から口を出した。

「和助が吉三郎旦那はいるかと訊いて、お前はどうしたんだ」

「旦那は、たった今、深川へお出かけになったといいました。本当に一足違いだったんです」

「で、和助は……」

「おかみさんやお初さんは、と訊きました。みんなお出かけだというと、がっかりした様子で、なつかしそうに台所を眺めていました。それで、あたしは番頭さんを呼びに行ったんです」

「どっちの番頭だ」

「源七さんは来年が厄年で、昨日の鬼やらいに出ることになっていましたから、吉右衛門さんのほうです」

店にいた吉右衛門にそっと声をかけて一緒に台所に戻って来ると和助の姿がなかった。

「あっちこっち、お部屋をのぞいてみましたけど……番頭さんが、きっと気が変って帰ったのだろうって……」

「気が変るというと……」

「昔がなつかしくって訪ねて来たんじゃありませんか。でも、よくよく考えたら、自分はこの家を追い出されたんですし……」

「和助をみたのは、それっきりか」

「そうです。おかみさん達が帰って来てから、あたしは和助さんが来たことをいいました。おかみさんは多分、お初に会いたくて来たんだろうって……お初お嬢さんは泣きそうな顔をしていました」

東吾がうなずいた。

「ところで、お前は和助が帰ったあと、なにをしていた」

「ずっと台所で御膳の仕度をしていました」

「台所をはなれたのは……」

「おかみさん達がお帰りになった時と、鬼やらいの行列が表を通った時だけです」

見物に店の外へ出た。

「うちの源七さんも厄年の厄払いで鬼の面をかむって出ていたから、みんなで豆をぶっつけたりしました」

「鬼の面といえば、和助は鬼の面を持っていなかったか」

おつねがすぐに応じた。

「手に持っていました。あの人も源七さんと同い年だったから、来年が四十二の厄年なんですよ」

次に東吾が呼んだのは小僧の松吉であった。

十五だというが、頬の赤い、なかなかいい目をした少年である。

「お前も和助をみたというが……」

「和助さんかどうかわかりません」

というのが松吉の返事であった。

「どういうことだ」

「俺がみたのは、鬼の面をかむった男が裏口から出て行くところだったんです」

町内の鬼やらいの行列が表を通って行く最中だったといった。

「あんまり大きな声で豆を撒いたので、息が切れて、水が飲みたくなって台所へ行ったんです。その時、慌てて裏口をとび出して行く男の人の後姿をみたんです」

それが鬼の面をつけ、頬かむりをした男だったという。

「お前は、それを誰だと思った」

やんわりと東吾が訊いた。

「最初は、番頭の源七さんかと思いました。鬼の面をつけた人は、この家では源七さんだけですから……でも、考えてみると源七さんは表の行列の中で豆で打たれて逃げ廻っていたんですから、源七さんの筈はありません」

「では、どうして、それが、和助ということになったのだ」

「わかりません。おつねさんがお役人に、和助さんが鬼の面を持っていたと話したので、多分……」

松吉の話をきいたあとで、東吾は残っていた吉右衛門をふりむいた。

「昨日の夕方、鬼やらいの行列が表を通った時のことだが、この店の者はみんな見物に出ていたのか」

吉右衛門がうなずいた。

「旦那の他には、みんな店の表に出て居りました」

隠居夫婦はお春とお初と共に店先に腰をかけて行列をみていたし、吉右衛門はその傍にいた。

「手代二人と小僧二人、女中のおつねは外へ出ていましたし、源七は厄払いに鬼の面をつけて行列の中に居りました」

「厄払いの鬼の面をつけて、行列に加わっていたのは、源七だけか」

「そんなことはございません。この町内でも五人ほど居りまして……みんな四十二の厄年の男で……」

「見物中、店の者で奥へ行ったのは……」

「松吉だけでございました。行列が店の前を過ぎた時分に松吉が水を飲みに……」

そこへ、女二人が顔を出した。年は違うが似たような顔つきである。どちらも気性が激しそうだが、器量はいい。

「おかみさんとお袋さまでございます」

殺された吉三郎の女房のお春と、その母親のおくらだと番頭が紹介した。

「いったい、どういうことなんでございますか」

口を切ったのはおくらで、

「二度もお取調べがあるのは……和助が下手人ではなかったとでも……」

東吾が二人を眺めた。

「あんた方は和助が下手人だと思っているのかな」

おくらがお春と顔を見合せるようにした。

「もしも、和助でないとしたら、いったい、誰が吉三郎を……」

それに、東吾は返事をしなかった。

「善兵衛の具合はどうだ」

逆に訊いた。

「もう落ちついて居ります。ただ、神経痛の持病がございますので……」

「ちょっと話をしたいが……」

母子は再び顔を見合せるようにしたが、おくらがどうぞといい、東吾と源三郎を奥の部屋へ案内した。

善兵衛は布団に起きていて、孫娘のお初が煎じ薬を飲ませている。

「すまないが一つだけ聞かせてくれないか。殺された吉三郎をどう思う」

東吾の問いに、善兵衛はうつむいた。手に持っている茶碗がぶるぶる慄えているのは神経痛のせいであろうか。

「和助を離縁しましたのは、手前のしくじりでございました。女どもがつまらぬ者の口車に乗って、ああだこうだと申しましても、手前が、それを取り上げなければ、和助は……」

「和助を追い出したことを後悔しているのか」

「あれは律義者でございました。吉三郎とは大違い……」

「吉三郎を離縁して、和助とお春を復縁させる気ではなかったのか」

善兵衛が大きく肩で息をした。

「源七から、和助が江戸へ出て参ったことを聞きまして、お春と復縁する気持があるかどうか訊ねさせましたが、そのつもりはないと返事が参りまして……」

おくらがむっとした顔でいった。

「人を馬鹿にして、こっちが下手《したで》に出れば、つけ上って……たかが奉公人の分際じゃないか」

お春が柳眉をさかだてた。

「あたしは、そんな気はありませんでしたよ。お父つぁんのおかげでいい恥をかいた」

「やめて下さい」

叫んだのはお初であった。

「どうして、そんな言い方しか出来ないんですか。仮にもあたしのお父つぁんですよ。第一、お父つぁんには信濃に女房子がいるんですよ、そういうことも考えないで……自分勝手なことばっかり……」

泣き声になった娘に東吾がいった。

「お前は昨日、かわせみへ行って和助に会ったそうだな」

傍からお春が目を丸くした。

「まあ、お前、そんなこと私達に内証で……」

お初は母親を無視した。

「おつねが、お父つぁんがここへ来たといったから……それはあたしに会いに来たんだと思って……」

夜になって家をぬけ出して大川端へ行った。

「お父つぁんが大川端のかわせみって宿へ泊っているのは聞いていましたから……」

「和助はなんといった」

「あたしに……すまないって……なんにも父親らしいことが出来なかった……それなのに……きれいな娘に育ってくれたって……」

はにかみながら、お初が泣いた。

「そんなことをいうくらいなら、信濃の女房子と別れて、うちへ戻ってくればよさそうなものだのに……」

おくらが愚痴っぽく呟いて、善兵衛にたしなめられた。

「あいつはそんなことの出来る男じゃない。だからこそ……」

東吾が善兵衛をみつめた。

「和助が、吉三郎を殺したと思うか」

善兵衛がかぶりを振った。

「まさか……まさか、あいつが……」

「それじゃ誰が吉三郎を殺したんですか。この家には吉三郎を殺す者なんぞありゃしませんよ」

おくらが亭主に食ってかかり、東吾が少しばかりきびしい声で遮った。

「そうはいえまい。お春はどうだ。亭主には深川に色女がいる。その女のことで喧嘩が絶えなかったそうではないか。腹立ちまぎれに亭主を殺して和助と復縁する気ではなかったのか」

「誰が、そんな……」

お春が顔をひきつらせた。

「あたしの部屋は倉の隣なんですよ。倉にあの人の死骸があったと知ったら、とても寝られたものじゃなかった……」

東吾が視線をおくらに当てた。

「おくらはどうだ。大事な一人娘のために、不埒な聟をぶっ殺したいと思ったのではないか」

おくらは生唾《なまつば》を呑み込み、大きく手を振った。

「そんな怖ろしいこと、あたしは昨日、ずっと、うちの人と一緒だったんだし……」

四

東吾と源三郎が善兵衛の部屋を出ると、廊下に男が一人立っていた。

「申しわけございません。ちょっと、おかみさんに用事がございまして……」

すらりと背が高く、麻苧問屋の奉公人にしては男前のほうである。

「お前は……」

「源七と申します」

「すると、昨日、厄払いをした番頭か」

来年四十二にはみえなかった。せいぜい三十のなかばぐらいかに思える。

源七が部屋へ入るのを見送ってから、東吾は源三郎をうながして店へ出た。店はどうやら通夜の準備が出来ている。

「源七というのは所帯を持っているのか」

草履をはきながら吉右衛門に訊いた。

「いえ、独りでございます」

「お前さんは……」

「手前はすぐ近くに家がございまして……」

女房子がいるが、昨夜は節分なので店のほうへ泊ったといった。

「節分とか年越しの晩などは、泊ることになって居りますので……」

そこへ源七が戻って来た。東吾と源三郎をみて改めてお辞儀をする。

「善兵衛の話だと、お前が和助のことを知らせたそうだな」

和助が十六年ぶりに江戸へ出て来たことであった。

「和助さんのほうから声をかけて来たんでございます。手前が用足しに出ました時、店の近くで待っていまして……あんまりなつかしかったので、柳原の土手へ行って人目を避けて随分と話をしました」

和助が成人したお初に会いたがっているので、そのことを善兵衛の耳に入れた。

「ですが、おかみさんは御反対のようでございましたので……」

「和助に会ったのは一度きりか」

「いえ、御隠居様のお使で、もう一度……」

「昨日は会わなかったのか」

「手前は厄払いで、豆を打たれて逃げ廻って居りましたので……」

東吾はそのまま、店を出ようとして店先でふり返った。

「吉三郎の色女、深川のおりんとか申すそうだが、会ったことはあるか」

吉右衛門が源七をみ、源七が当惑そうに答えた。

「歿《なくな》った旦那様のお使で、何度か深川まで参ったことはございますが……」

信濃屋を出た足で、東吾は源三郎に訊き、馬喰町の町役人の家へ寄った。

「昨日の鬼やらいに、厄払いで鬼の面をつけて行列に加わった者は誰々だ」

町役人の倅が、その一人であった。

あとは炭屋の主人と馬喰町の旅籠屋の番頭が二人、そして信濃屋の源七。

「行列と申しましても、いわば追いかけごっこでございまして……」

最初に町内の出世稲荷の前に集合して厄年の五人が挨拶をした。

「それから鬼の面と頭巾をつけまして、赤鬼青鬼の扮装をいたしました若い衆と一緒に年男の方々の前を歩きまして……」

あとから年男の連中が裃《かみしも》をつけ、豆を撒きながら追うようについて来る。それに近所の子供達が加わって、やはり面白がって豆を投げる。

「赤鬼青鬼の扮装をした者が、はりぼての鉄棒をふり廻したり、店先の子供衆をおどしたり致しますと、店のほうからも豆がとんで来まして……」

わあわあきゃあきゃあと大変なさわぎだったといった。それは、東吾も「かわせみ」の前で似たようなのを見たから、おおよそ見当がつく。

「あんた方五人は、いつも一緒だったのか」

「そんなこともございません。とにかく逃げ廻るので……ですが大体、五人が前後して居りました」

「道は表通りをまっすぐ行ったのだろう」

「はい。たまには路地へ逃げ込む者も居りましたが、すぐ追い出されて参ります。なにしろ、豆が当るとけっこう痛いものでございまして……」

馬喰町の通りをまっすぐ行って裏通りを迂回して元の稲荷社の前へ戻って来た。

「そこで鬼の面をはずしまして、挨拶をして解散になりました」

町役人の家を出ると、雲が増えていた。

午をかなり廻っている。

「深川の長寿庵へ行って蕎麦《そば》でも食おうか」

歩き出した東吾に、源三郎が苦笑した。

「まさか東吾さんは、源七が下手人だと考えているわけではありますまいね」

東吾が草履の先で道ばたの小石を軽く蹴った。

「そいつは、長寿庵へ行ってみねえことにはわからねえ」

肩を並べるようにして無類の早足で歩いて行く男二人を通行人があっけにとられて眺めている。

長寿庵へ着いてみると、小座敷に屏風をたて廻した中に、ふくれっ面をした馬喰町の岡っ引の久六と、その前に打ちひしがれた様子の和助がすわっている。

「逃げる気づかいはねえからと、腰縄だけははずしてもらいましたが……」

と長助が双方に気を遣った言い方をしたが、久六はいよいよ面白くない表情である。

「畝の旦那の前ですが、あっしも長年、お上からお手札を頂戴して、町内の揉め事を片づけて来たんで……和助をお縄にするにはそれだけのわけがあったんでございますから……」

蕎麦の註文をした東吾が、ひょいと久六の前へ腰を下した。

「久六親分は、どうやって和助が吉三郎を殺したと思っているのか、そいつをまず教えてもらいたいが……」

なにを今更と久六がうそぶいた。

「信濃屋へお出でなすったのなら、おわかりでござんしょう。おつねが和助をみて、番頭の吉右衛門を呼びに行ったすきに、こいつは勝手知った倉の中へかくれたんでございますよ。倉の中で吉三郎を突き殺した庖丁は信濃屋のもので……おつねの話だと和助は台所中を見廻していたそうで、大方、出刃庖丁はその時みつけて持ち出したんでござんしょう」

「倉の中で吉三郎を突き殺し、死体を長持の中へかくして逃げ出したということか」

「その通りで……鬼やらいの行列が通った時、家の者はみんな店の前で見物していた。その間に逃げ出したが、運悪く、水を呑みに台所へ来た松吉に後姿をみられてしまったと、こういうわけで……」

傍《そば》から和助が弱々しく叫んだ。

「何度いったらわかってもらえるんですか。手前はたしかに昨日、信濃屋へ行きました。昨日だけじゃない、その前も毎日、馬喰町をうろうろして、ひょっとして娘のお初が店の外へ出て来ないかと……」

「うるせえ」

久六がどなりつけ、それでも和助は言葉を続けた。

「昨日は思い切って裏口から入りました。おつねさんに会って、みんな留守だときいておつねさんは番頭さんを呼びに行きましたが手前はそのまま裏口を出て来たんです。今更、誰に会うのも面目なくて……」

「それでどうした」

と東吾。

「神田明神へ寄ってお詣《まい》りをして、かわせみへ帰りました。ですから、松吉という小僧がみたのは、手前ではございません」

「なにを、この野郎」

久六のふり上げた手を東吾がやんわり押えた。

「久六親分に聞くが、仮に和助が倉へかくれたとして、吉三郎はどうして倉にいたんだ。おつねに深川へ行くといって出かけた人間が、どうして倉にいた……」

「あっしの考えでは、吉三郎が和助を呼び出して倉で話をしようということになっていたんだと思います」

吉三郎は隠居夫婦とお春が、自分を追い出して和助と復縁したい考えなのを承知していたと久六はいった。

「吉三郎にしてみれば、是非共、和助を呼んでその本心を聞きたいと思ったに違いありません」

和助が叫んだ。

「冗談じゃありません。手前は吉三郎に呼び出されなぞ致しません。倉で会うなんてとんでもない」

東吾が制した。

「和助はそうだろう。しかし、吉三郎のほうは和助が来るのを承知して……いや誰かに和助が来るといわれて倉の中へかくれていた。つまり深川へ行くといっておいて、ひそかに家へ戻って倉の長持の中へ入っていた」

長助が、えぇっと声を上げた。

「するってえと、吉三郎は長持の中で殺されたんで……」

「長持の中は血の海だった。外で殺されたのなら、倉の床がもっと血で汚れている筈だ」

「いってえ、誰が……」

「吉三郎に、和助が信濃屋へ来て、隠居夫婦やお春と話し合いをすると嘘をいって欺し、その様子を聞くために、倉の長持の中へ入ってかくれていろと智恵をつけた奴だ」

源三郎が穏やかに声をかけた。

「すると、おつねがみたのは和助で、松吉がみた鬼の面の男は、吉三郎を殺して逃げようとした下手人ということになりますか」

「その通りだよ、源さん……」

「しかし、その時刻信濃屋の者はすべて店先に出て鬼やらいを見物して居ります。源七は鬼やらいの行列の中にいて……まさか、松吉ではありますまい」

東吾が長助へいった。

「おりんのほうは調べてくれたな」

「へえ、行って参りました」

「おりんというのは、背の高い女ではなかったか」

「おっしゃる通りで……藤間の師匠に踊りを習っていて、なかなか達者に踊るそうですが得意な踊りはみんな立役《たちやく》で、昨年の祭の屋台では五条橋の弁慶をつとめて、そりゃあ立派だったそうです」

「で、昨日は……」

「午すぎから浅草寺へ出かけたそうで、帰って来た時はもう夜で、お高祖頭巾《こそずきん》をかむっていたといいます。なんでも人ごみで髪をこわされたとかで、気色が悪いから、すぐ風呂へ入って洗っちまったと、こいつは小女の話ですが……」

「上々だ。で、もう一つのほうは……」

「信濃屋の旦那とは、ここんとこ、あんまりうまく行ってねえようで、この前旦那が来た時は大層な剣幕で、お前のような女はあいつにくれてやる。二人して出て行けと、吉三郎がどなっていたというんです」

「おりんに、男が出来たってことか」

「のようですが、それが誰なのか小女も知らないわけでして……」

東吾が源三郎をふりむいた。

「お聞きの通りだ。源さん、おりんをちょいと脅してみるといい。なんなら、吉三郎の死んだあと、源七がお春と夫婦になって信濃屋の主人におさまるそうだとでもいえば、案外、ひっかかって白状するかも知れない」

俺は「かわせみ」で待っているといい、東吾は出来て来た蕎麦を旨そうにすすりはじめた。

「じゃあ、やっぱり、おりんって女が男の恰好をして、源七さんの代りをしたんですか」

五

その夜の「かわせみ」は和助を送ってやって来た源三郎の話で大いに沸いた。

とお吉がいい、

「吉三郎を殺して来る僅かの間なんだ。おそらく、路地へ逃げ込むかした時に入れかわって、裏通りへ出た辺りで、もう一度、入れかわって本人になったんだろう」

いい気持そうに東吾が註釈をつける。

「でしたら、最初から源七って人とおりんが打ち合せて……」

「勿論だ。和助が信濃屋へ顔を出したのとは全く関係がなかったんだ」

もっとも、和助が江戸へ出て来て信濃屋の周囲をうろうろしていたことは、源七の計画のきっかけになったと東吾はいった。

「あわよくば、和助を下手人に仕立てようという気があった。実際、馬喰町の親分はそれにひっかかったんだが……」

源七は吉三郎の使でおりんの家へ行く中に、おりんといい仲になってしまった。

「そいつを吉三郎に気づかれて、二人共、暇を出されそうになっていたんだな」

二十何年も奉公した店を無一文で放り出されるとなって、源七は吉三郎を殺す気になった。

「源七って奴は、もともと和助と一緒に信州から出て来て信濃屋に奉公した。自分のほうが姿恰好もよいので、お春の聟になれるかと思っていたのに、和助がなった。その和助がうまい具合にいびり出されたと喜んだのも束の間、今度は吉三郎が入り聟になった」

そうした鬱屈したものが、今度の事件の背景にあったと東吾はいう。

「それにしても、東吾様はどうして源七があやしいとお思いになりましたの」

ぴったり寄り添って、東吾の盃に酒を注《つ》ぎながら、嬉しそうにるいが訊いた。

「第一は小僧の松吉のいったことなんだ。子供の目は正直だ。おまけにいい目をした子なんだ、松吉ってのは。それで、源七に気をつけてみたら、こいつが小利口そうなくせに、いやに要心深くてさ」

「でも長助親分におりんを調べさせたのは、その前なんでしょう」

長助を深川へやって、おりんのことを探らせた。

「あれは捕物のいろはみてえなものさ。殺された男に色女がいたら、まず、そいつのことを疑ってかかる……」

「下手な鉄砲も数打ちゃ当るの類《たぐい》ですな」

源三郎がまぜっかえして、るいの部屋に大きな笑いが起った。

翌朝、信濃へ帰る和助を送りに、お初がたった一人で「かわせみ」へやって来た。

「信濃屋の主人の座に未練がないと申しては嘘になりましょうが、人には身分相応というものがございます。手前には信濃の暮しが合って居ります。それに、娘にもこうして会うことが出来ましたし……やはり江戸へ出て来てようございました」

正月を、我が家で待つ女房と娘と迎えるために、江戸で買い求めた土産の荷を背負って急ぎ足に旅立って行く和助の頭上で鳶《とんび》が大きく輪を描いている。

暮の江戸はここのところ、良い天気が続いて居た。

春《はる》の寺《てら》

一

その日は、神林家の兄弟にとって亡母の命日であった。

たまたま、通之進も非番の月で、家族そろっての墓参となった。

二月なかばの風はまだ冷たいが、日ざしは柔らかで、まずまずの遠出日和である。

神林家の菩提寺は、谷中の日暮里村、経王寺で、墓所は方丈の裏にある。

「義姉上《あねうえ》、鶯《うぐいす》が啼いて居りますよ。聞えますか」

日暮里村へ入ったところで、東吾が香苗の駕籠脇に近づいて声をかけた。

そのあたりは鶯の名所というだけあって、道の両側の林の中から玉をまろばすような
いい声がしきりに続く。

「ほんにまあ……」

駕籠の内側から、香苗が答えるのを確かめて、東吾は先を行く兄の駕籠を追って行った。

「兄上、鶯です」

通之進が笑った。

「馬鹿声を出すな。折角の風流が台なしだぞ」

道は林に沿って下り坂になり、右手に経王寺の山門がみえて来た。

門前で通之進と香苗は駕籠を下りる。

「東吾様だけ、お拾いで、さぞ、お疲れになりましたでしょう」

道中、そのことばかりを気にして来たらしい香苗がいい、

「なに、足のほうは今すぐ八丁堀へ戻って、また、ここまで来いといわれてもびくともしませんが、いささか腹が減りましたね」

と、東吾がおどけてみせる。

東吾の駕籠嫌いは生来のものだが、その上で、次男坊のけじめをそれとなくつけているのは、兄も兄嫁も気がついている。

通之進を先頭に、経王寺の境内へ入ると、本堂から住職が下りて来た。

「ぼつぼつ、御到着かと存じて居りました」

「お待たせ申して、あいすみませぬ」

「いやいや、ちょうど御供養の仕度がととのったばかりでございます」

住職と兄のやりとりを耳にしながら、東吾は若党が背負って来た寺への布施物を住職と共に出迎えた納所《なっしょ》坊主に手渡した。

「御舎弟は一段とたくましくおなりのようだが、まだお独りかな」

本堂の内陣へ案内しながら住職が訊いた時、通之進が、こう答えるのが聞えた。

「間もなく年貢を納めさせる所存にござれば……」

「ほう、お決りか。それはおめでたい」

一瞬、きょとんとした東吾を、香苗が微笑でみている。だが、その話はそれきりであった。

「では、お席にお着き下され」

須弥壇の前に、通之進がすわり、少し下がって香苗と東吾は左右に並んだ。

正面に母の位牌が住職の手で安置される。

香が薫《た》かれ、長い読経が始まった。

亡母を追慕する気持の一方で、東吾は先程、兄が住職にいった言葉を考えていた。

年貢を納めさせるというのは、東吾に嫁を迎えるという意味であった。

兄の性格からして洒落や冗談でいったとは思えない。

るいのことだろうかと思案して、東吾は緊張した。たしかに、七重が天野宗太郎と夫婦になった今、神林家の麻生家に対する義理は一応、片づいたといってよい。

東吾がるいと夫婦になるについての障害はかなり少くなっている。

強いていえば、るいの亡父の身分が同心で、親代々、与力の職をつとめる神林家とは身分違いということだろうが、それも兄が認めてくれれば、なんということはない。第一、東吾の身分は次男坊の部屋住みであった。

兄夫婦に子が出来ないと、東吾が神林の家督を継ぐことになるだろうが、それはずっと先のことである。

るいを妻に迎えたとして、自分達はどこに住むのだろうと思った。兄の屋敷は広いから同居出来ないことはないが、そうなると大川端の「かわせみ」はどうなるのか。るいに「かわせみ」を閉めて、俺の女房になれといったら、どんな顔をするだろうか。

「東吾様、御焼香を……」

そっと兄嫁がささやいて、東吾は我に返った。

法要を終えて本堂から下りて来ると階段の脇に中年の女が水仙の花束を手にして立っていた。香苗をみて小腰をかがめる。

香苗が嬉しそうに女に近づいて礼をいった。

「いつも、忘れずに……ありがとう存じます」

水仙は亡母の好きな花だったとかで祥月命日の墓参の時は、必ず兄嫁がこの寺の門前で花売りをしている女に頼んでおくことを、東吾も知っていた。

花と線香を持って、墓所へ行く。

兄がいつもより長く合掌しているのを、東吾は神妙に眺めていた。兄に続いて東吾と香苗が墓にぬかずく。

それから方丈へ戻って住職に挨拶をした。住職が弁当をつかうなら部屋をといってくれるのを、兄がいつものところに寄るのでと挨拶した。

「そうでござったな。おきぬさんの店へお寄りなさるのじゃったな」

さりげなくつけ加えた。

「あのお人も、来年はこの寺で花売りをせぬことになるやも知れません……」

住職の言葉を、香苗が聞きとがめた。

「おきぬさんが、どこぞへお移りなさるのでございますか」

「いや、まだ、そうと決めたようではないが……」

おきぬさんの店というのが、経王寺の門の近くにある茶店であった。

表に葭簾《よしず》を張り、小座敷が一つと、縁台がいくつか用意してある。

そこへ歩いて行く途中に大黒天のお堂があった。谷中七福神の一つである。

お堂の少し先に桜樹が一本、周囲に竹垣をめぐらしてある。それが、江戸の三十三桜の一つに数えられる名木で、今はまだ蕾《つぼみ》が固く、開花は来月のなかば頃でもあろうかと眺められた。

「お手数をかけますが、お昼食をつかわせて頂きとう存じます」

香苗が気易く声をかけると、先程の水仙の花を持って来た女が、店の奥からいそいそと姿をみせた。

粗末な木綿物の着物に縞の前掛の紐の部分だけが僅かに女らしい色目を使っている。

「ありがとう存じます。むさくるしい所でございますのに、お心をかけて下さいまして……」

小座敷には炬燵の用意がしてあった。

火鉢にはたっぷり炭がおこっていて鉄瓶から湯気が立っている。

若党が屋敷から用意して来た重箱の包を運んで来て、

「東吾は酒がよかろう。先程、墓前で母上にもお断りして来た。供の者達にもふるまってやるように……」

通之進はおきぬが持って来た熱い茶を掌に包み込むようにして註文をした。

若党や駕籠をかついで来た仲間《ちゅうげん》達は縁台のほうで弁当に酒が出る。

「母上の命日が、もう一カ月遅くだと、あの花を眺めて一杯やれたわけですね」

たて続けに二杯あけた茶碗酒で、東吾の口が軽くなった。

「親不孝者が。花見時の混雑で墓参など出来まいが……」

重箱の中の精進料理に箸をのばしていた通之進が弟をたしなめ、東吾がけろりとしておきぬに訊いた。

「そんなに人が出るのか」

新しく茶をいれていたおきぬがつつましくうなずいた。

「一本桜でございますから、向島や飛鳥山のようなわけには参りませんが、それでも名木の桜をみようと大勢のお方が集ってお出でなさいます」

「おきぬさんの店も稼ぎどきというわけか」

「花のあります間は、御近所の娘さんに手伝ってもらいますが……」

花の季節と七福神詣でで賑わう一月の他は、ひっそりと墓参の客だけが相手の茶店であった。

「そういえば、先程、住職がいっていたが、おきぬさんは、この茶店をやめて、どこぞへ嫁入りでもするのか」

来年はここにいないだろうといった住職の言葉から、東吾は当てずっぽうにいったのだったが、おきぬは赤くなって大きく否定した。

「とんでもない。私のような年寄りが、なにを今更……」

「では、お子達の許にでも移られるのですか」

と訊いたのは香苗で、相手がぼつぼつ五十に手の届きそうな年恰好と知っていて、倅の家にでも引き取られるのかと考えていたらしい。

が、それにもおきぬはかぶりを振った。

「私には、子供がございませんので……」

少しばかり白いものがのぞいている前髪をそっと傾けるようにしてつけ加えた。

「どこへも参りは致しません。丈夫で働ける中《うち》は、ここにおいて頂くつもりでございますから……」

経王寺の帰り道は、途中まで通之進も香苗も歩くことにした。

穏やかな陽ざしで、この近くの梅林の紅梅も白梅もほぼ満開である。

駕籠は若党をつけて先にやり、通之進は妻の歩調に合せて、のんびりと鶯の声を聞き日暮里村の遠景に目を遊ばせている。

兄にとって、こんな日は一年の中に何日もあるまいと思い、東吾はいささかすまない気持であった。

十八歳で神林の名跡を継ぎ、南町奉行所の与力として今日まで大過なく勤めを全うするには人には言えない苦労があったに違いない。

奉行所での通之進の評判は才気煥発《かんぱつ》だが、若年にしては思慮分別があり、温厚にして寛大といわれているのを、東吾は知っていた。

先輩、同僚から非のうちどころがないといわれるには、どれほどの忍耐と刻苦勉励の日々があったことかと思うと、東吾はこの兄をどれほど尊敬しても尊敬し尽せないと思う。

仮に兄の跡を継いで与力になったとして、果して自分にどれだけのことが出来るかと考えると途方に暮れざるを得ない。が、それは東吾の我儘であった。

然るべき時が来たら、兄の肩に乗っている重いものを自分が背負い、兄にはのどかな晩年を過してもらいたい。そうするのが弟の役目だと承知してもいた。

「梅にも、いろいろございますのね」

東吾の前方で、香苗が夫にいっている声が聞えた。

「香の強いものも、そうでないものも……。紅梅の色も樹によって微妙に違って居ります……」

「旨い梅の実の成るのは、どのような花の木なのかな。よく水戸から持って参るであろう。大きくて果肉のたっぷりした……あれは、また別の梅の種類かも知れぬ」

東吾は足を早めて兄達の会話に加わった。

「この辺の梅の実も、旨いそうですよ。いつぞや、義姉上のお供をして参った折、先刻の茶店で梅の実を干しているのをみたことがあったでしょう」

やはり、亡母の命日であった。

通之進が来るのは祥月命日ぐらいのものだが、香苗は殆ど毎月、神林家の両親の命日には寺へ足を運んでいた。

「あの梅の実も、けっこう大きゅうございましたね。東吾様が青梅をつまんで召し上ったので当りはしないかと心配いたしましたっけ」

「お前は、いくつになっても食いしんぼうだな」

通之進が明るく笑って、坂道を上り出した。

二

墓参の日から三日ばかりして東吾は「かわせみ」へ出かけた。

あれ以来、兄はなにもいわないが、それとなく兄嫁に訊ねてみると、

「おるい様とのこと、今年中にはとお考えの御様子ですよ」

と教えてくれた。

となると、るいの気持ちも聞いておかねばならない。

「かわせみ」の暖簾をくぐると帳場の脇の小座敷に客が二人いた。

一人は如何にも商家の番頭といった恰好で、髪の白さからしても、六十を過ぎている。

もう一人は三十そこそことみえる、がっしりした体つきの男で、髷《まげ》の結い方、着ているものの感じからして江戸者ではない。

「これは、若先生」

いそいそと出迎えた嘉助が奥へ声をかけに行って、すぐに、るいが顔を出した。東吾の太刀を袖に抱いて、小座敷の二人の客に会釈をすると、中庭に沿った廊下を抜けて居間へ行く。

「なにか、揉め事でもあったのか」

炬燵へ膝を入れてから、東吾が訊いたのは二人の客が、どちらも沈痛な表情をしていたようにみえたからである。

「若いほうは、かわせみの客だろう」

「川越から出ておいでになったんですよ。長太郎さんといって、川越の造り酒屋に奉公してなさるそうで……ですけれど、本当は新川にあった吉井屋という酒問屋の息子さん

なんです」

　障子が開いて、お吉が甘酒を筒茶碗に入れたのを運んで来た。

「あちらさんにも、今、さし上げて来ました」

　といったのは、小座敷の二人のことらしい。

「ひどいものですね。十五年ぶりに帰って来たら、家族も家もなくなっていただなんて、まるで浦島太郎じゃありませんか」

「吉井屋というのは潰れたのか」

　すぐに、お吉の話に東吾が乗って、

「うちのお嬢さんが、ここにお出でなさる以前のことだそうですよ」

　お吉が、どっしりと腰をすえた。

「今から八、九年も前のことで、倉の戸を閉め忘れて、上方から仕入れたお酒がくさったのが、けちのつきはじめなんだそうですが、旦那が相当の道楽者だったっていいますから……」

　今、小座敷に来ている白髪頭のほうは、新川の鹿島屋の番頭だが、若い時分に吉井屋に奉公していて、吉井屋が潰れてから改めて鹿島屋に拾われた者だという。

「吉井屋の息子は、自分の家が潰れたのを知らなかったのか」

「ええ、昨日、十五年ぶりに江戸へ戻って来て、新川へ訪ねて行ってびっくり仰天したらしいんですよ。あっちこっち訊いて歩いている中に、鹿島屋の番頭さん、清吉さんというんですけど、めぐり合って……清吉さんが長太郎さんをうちへつれて来て、お宿を頼みますっていったんです」

「道楽者の旦那ってのは、どうなったんだ」

長太郎には父親に当る人である。

「吉右衛門さんっていうんだそうですけど、脳卒中で歿ったんです。それがきっかけで倒産したそうですから……」

「長太郎の他に子はなかったのか」

「女の子が二人いたそうですが、どっちも店が怪訝しくなる前に嫁入りして……一人は上方へ、もう一人は品川のほうだそうです」

「長太郎の母親は……」

「その行方を今、探してるみたいですけど、お俊さんといって、吉右衛門さんの妾だったとかで……長太郎さんは赤ん坊の時から本妻さんに育てられたみたいですが……」

そこへ嘉助がやって来た。

「只今、清吉さんが帰りまして……長太郎さんは品川へ出かけて行きました」

品川へ嫁入りしている、吉右衛門の娘のところを訪ねて、母親の消息を聞くつもりらしい。

「品川へお嫁に行ったのは、長太郎さんの姉さんなんですか」

るいが訊き、嘉助が中途半端にうなずいた。

「まあ、年齢からいいますと、姉に当るわけですが……」

長太郎は妾腹の子である。

「その娘も、妾腹なんだそうで……もう一人の上方へ嫁入りした娘と三人が三人とも、母親はみんな別っこなんだといいます」

「三人とも、妾の子なのか」

「そのようで……みんな、本妻が育てたんだと、清吉さんはいって居りました」

「よくよく、女道楽の旦那だったんだな」

母親が各々、妾で別の女となると、長太郎が品川の姉を訪ねて行っても、自分の母親の居場所を知ることが出来るかどうか。

「十五年も音沙汰なしにしたってのが間違いの元だ。川越なら、遠いといっても知れている。文ぐらい出したらよさそうなもんだ」

東吾はいったが、嘉助はかすかに首を振った。

「若気って奴かも知れませんが、子供ってのは何年、家を留守にしても、自分が帰る家は元のまんまに、ちゃんとしてると思い込んでいるものじゃございませんか」

「大の男だって同じですよ」

例によって、お吉がまぜっかえした。

「他の女の家でうつつをぬかしていたって、女房はいつまでだって我が家を守って、自分の帰りを待っているものと決めてるんですから……」

「おいおい、耳が痛いぜ」

東吾が笑い出して、やっとお吉と嘉助が立ち上った。

あとは、るいと東吾のさしむかいである。

「のっけから、妙な話を聞かされちまったが、今日来たのは、俺達のことなんだ」

東吾が切り出すと、るいはさっと青ざめた。

「東吾様が御家督をお継ぎになりますの」

「そいつは、まだ先のことだが……兄上が今年中に、俺の年貢を納めさせる気配なんだ」

茫然としているるいの顔を、指の先でちょいと突いた。

「俺のところへ嫁に来ることになったら、るいは、この家をどうする……」

「この家……」

「商売は、嘉助やお吉でどうともなるだろうが……」

急にるいの目から涙が溢れて来たので、東吾は慌てた。

「本当に通之進様が、そうおっしゃいましたのですか」

「兄上は、ほのめかしただけだが、義姉上が太鼓判をおしてくれたんだ」

「そんな……」

るいが涙を拭いて考え込んでしまったので、東吾は更に狼狽した。

「おい、嬉しくないのか」

るいが困ったような笑顔になった。

「嬉しゅうございますけれど……」

「嬉しいなら嬉しいって顔しろよ。今更、いやだなんていわれたひには、兄上の手前、ひっ込みがつきゃあしねえ」

「でも、夢のようで……」

「馬鹿」

東吾に抱き寄せられて、るいは恥かしそうにすがりついた。間近にみつめ合っていると、また、新しい涙がるいの閉じた目からこぼれ落ちる。長い間待たせたと思い、東吾は顔を近づけて、その涙に唇を当てた。

三

いつもより濃い一刻を過して、東吾が帰ってしまうと、るいは改めて考え込んだ。

晴れて東吾の妻となることが、どうも実感にならない。そればかりか、不安のほうが夏の雲のように次々と湧いて来る。東吾の妻となるからには、この宿の始末をつけなければならない。東吾は嘉助やお吉にまかせてといっていたが、実際にはそうも行かないだろうし、いざ、やめるとなれば寂しい気持も強い。

それに、今までの生活をなにもかも片付けて、神林家の嫁となって、果して無事にやっていけるものか自信もなかった。

俺を信じて、ついて来てくれればよい、と東吾は何度もいったし、そして、実際、その言葉にすがりつくより仕方のないことだが、心細さがるいの体をひしひしと取り囲むようでもあった。

好きな人の胸に、なにも考えずにとび込んで行ける娘の時代を、自分がもう通り過ぎてしまっていることを、るいは情ないと感じている。

自分が苦労をするのは辛抱が出来るように思えた。ただ、自分を妻にしたばかりに、東吾の立場が悪くなるのではないかと考えると不安は色濃くなった。

るいの父親の晩年は決して恵まれたものではなかった。仕事に関して上司や同僚と意見を異にすることが多く奉行所内でも孤独だったのをるいは知っている。下の者からは慈父のように慕われていたが、その分、上からの圧力は強かったらしい。るいの前で一言も愚痴をこぼしたことのない父だったが、不遇であることが命をちぢめたともいえる。

そうした父の生き方を、今でも快く思っていない者が奉行所には何人もいるだろうと思えた。

よりによって、あの庄司の娘を嫁にするとは、と、神林家の人々が陰口を叩かれるのではないかと怖しくもあった。

翌朝、るいが腫れぼったい目を気にしながら早発《はやだ》ちの客を送り出していると、一緒に戸口まで出ていた嘉助が帳場へ戻りがけに相談するようにいった。

「川越の長太郎さんですが、昨夜、遅くなって品川からお帰りになりまして……」

品川へ嫁いだ異腹の姉から、自分の母親は深川の芸者だったと聞いて来たという。

「深川でしたら、長助親分にでも調べてもらったら、或いはわかるかもしれないと存じますが……」

長寿庵を教えてやってもよいかと訊かれて、るいは反射的に答えた。

「それなら、あたしが長助親分のところまで一緒に行きますよ。ちょうど富岡八幡へおまいりに行きたいと思っていたところだから」

長太郎の朝飯がすんだら声をかけてくれといい、るいは自分の部屋へ戻って他行《よそゆ》きに着がえた。

「おまいりにお出かけですって……」

朝のお膳を運んで来たお吉が不思議そうに訊くのに、

「昨夜、夢見が悪かったから……」

なんとなくごま化した。

やがて、嘉助が迎えに来て、恐縮している長太郎と「かわせみ」の暖簾を出る。

「お客様は十五の年まで、新川でお育ちだったそうでございますね」

黙って歩くのもなんだからと、るいはさりげなく訊ねた。

「その時分と、この辺りは随分、変りましたでしょう」

長太郎が眩しそうな目でるいを眺め、小さくうなずいた。

たという。

「大川端に家が増えたような気がします」

「かわせみ」の少し先から、大川の河口へ向かうあたりは野原で、子供の遊び場であったという。

「土手へ上ると危いといって、よくおっ母さんに叱られたものです」

永代橋の上から大川へ向けた眼差が如何にもなつかしそうであった。

いわれてみると、るいもその土手の上で魚を釣る東吾のお供をしたことがあった。一日中、釣糸を垂れていても一匹もかからず、まだ子供だった東吾があまり口惜《くや》しがるので、つい泣いてしまった記憶がある。

長寿庵へ行ってみると長助は麻生宗太郎と出かけているという。

「なんですか、宗太郎先生が照れくさいので一緒に行ってくれとかおっしゃって……」

一刻足らずで帰ってくるといって出かけたので、もう戻るから店でお待ち下さいと、長助の悴がいうのを、

「では、八幡様へおまいりに行って来ますから……」

とるいがいうと、長太郎もその辺りを歩いてみたいからと一緒に店を出た。

生母が深川の芸者だったと知って、町にも親しみを感じたのかと、門前仲町を抜けながら、るいはそれとなく深川の色街を教えた。

長太郎はあまり興味のある様子でもなく、るいの後から富岡八幡の境内へ入って来る。社前で合掌してから、るいは思いついておみくじをひいてみた。中吉で、縁談は自然

にまかすべし、急いでは凶とある。何度か読み直して、おみくじを帯の間へしまい、ふりむいてみると、長太郎は茶店の縁台に腰を下している。で、るいもその隣へ行って掛けた。

茶店の老婆が熱いお茶を出してくれる。

「おっ母さんとは、いくつの時に別れたんですか」

長太郎がふさぎ込んでいるようにみえたので、るいは訊いてみた。

「最後に会ったのは八つの年でした。その前にも何度か呼び出して、お前の本当のお袋は自分だと……それで、困っているから金を持って来てくれといいました」

流石に、るいはあっけにとられた。八つの子に金を持ち出させる母親というのは、どういう了見かと思う。

「それで……」

「親父の財布から五両抜き取って渡しました」

「よく、ばれなかったのね」

「お袋が……俺を育ててくれたおっ母さんですが……かばってくれたんだと思います。あとで、親父がいったい何に使ったのだと、お袋を責めているのを耳にしたようにおぼえていますから……」

境内を子守が赤ん坊を背負って歩いていた。

赤ん坊がむずかって、子守がしきりにあやしている。なんとなくそれを眺めていた長太郎が堰《せき》を切ったように話し出した。

「本当は生みの母親なんか、どうでもいいんです。俺が江戸へ出てきたのは、おっ母さんに詫びたかったからで……そのお袋は、俺を赤ん坊の時から育ててくれた人なんです」

つまり、吉井屋吉右衛門の本妻のことであった。

「いいおっ母さんだったんですね」

「普段は優しい人でした。でも、叱る時はいつも本気で……泣きながら叩かれたことがあります。泣きながらおっ母さんが叩いて、叩かれた俺も泣いて……」

ふっと鼻をつまらせて茶を飲んだ。

「そんないいおっ母さんがいたのに、どうして家を出たりなんかしたんですか」

るいにとがめられて、長太郎が頭に手をやった。

「どうしてっていわれると困るんですが……」

遠い目になった。

「お袋に子供が出来ないのを口実にして、親父は女遊びにうつつを抜かして、次々に女をこしらえては、子供が出来ると引取ってお袋に育てさせたんです。二人の姉も、俺もそうでした。俺が家を出る二年前に上の姉を嫁入りさせて、二番目の、今、品川にいる姉の縁談がまとまっていました」

木洩れ陽が、長太郎の横顔に当っていた。浅黒く精悍な面がまえに、なんともいえない哀愁が漂っている。

「その時分から、店はかなり左前になっていたんだと思います。お袋は自分の腹を痛めた子でもない娘のために、贅沢な嫁入り仕度をするので随分、苦労していたようです。それなのに、親父は新しい女の家へ入りびたりで……本当なら俺がお袋を助けて、かばってやらなけりゃいけない立場だったんです」

「何故、助けてあげなかったんですか」

長太郎が再び、頭へ手をやった。

「よく、まわりがお袋の悪口をいっていました。子供が出来ないのだから、身を引いて子供の出来た妾を本妻に直させるのが嫁のつとめなのに、いつまでも吉井屋の女房でいる……。そういう悪口が俺の心の中にも滲み込んで……馬鹿もいいところです。俺もお袋を責める気持になっていた。だから、俺が悪い仲間とつき合って、手なぐさみをおぼえたのを、お袋に意見された時、くそったれ、手前なんぞ本当のお袋じゃねえや、と怒鳴りつけて家をとび出してしまったんです」

長太郎の目に光るものがあるのを認めて、るいは視線をそらした。

そういうものかも知れないと思う。どんなに苦労して育てたとしても、その子は母親を、自分の生母のすわるべき吉井屋の女房の座に居すわっている憎い女とみてしまう。

「お袋の気持がわかったのは、川越に落ちついてからのことなんですよ」

やや語調を明るくして、長太郎が話を続けた。

「渡世人の真似をして、あっちこっち旅をして、川越で行き倒れみてえなことになりまして、助けてもらったのが、今、働いている造り酒屋の杜氏《とうじ》でした」

それがきっかけで杜氏の下で働き、酒造りの仕事をおぼえた。

「杜氏の娘で嫁に行っていたのが、お産で実家へ帰っていて……生まれたばかりの赤ん坊ってのは、日に何回も乳を飲ませなけりゃならないし、襁褓《むつき》もとりかえなきゃならない。寒い夜に赤ん坊が泣けば、綿入れにくるんで、泣きやむまであやしている。お袋もああやって育ててくれたのかと思うとたまらなくなりました」

自分は生まれて一月足らずで吉井屋へひきとられたのだと長太郎はいった。

杜氏の娘の、若い母親の子育ての姿に、長太郎は自分の養母のありし日を重ねて思い描いた。

「一人前になったら、お袋にあやまりに行こうと決めていたんです」

昨年の秋からこの二月にかけて今年の酒が無事に出来上って、長太郎は蔵元の主人から、杜氏のすぐ下で働く頭《かしら》に指名された。

「それで江戸へ出て来なすったんですか」

だが、肝腎の吉井屋の本妻の行方は知れない。

「ひょっとすると、深川の母親がなにか知っているかも知れないとあてにしているんですが……」

長太郎が苦笑して冷めた茶碗を取り上げた時、境内へ入って来た長助の姿がみえた。

四

吉井屋吉右衛門の妾になって長太郎を産んだ、深川の芸者お俊については、長助が色街を訊いて歩いてすぐにわかった。

「どうも長太郎さんにはそうとはいえませんが、身持もよくなければ心がけも悪い女だったようで、吉井屋の旦那と切れたのも、情夫がいるのがわかっちまったせいで、その後もろくでもない男にひっかかって、しなくてもいい苦労をしたそうですが、十年ほど前に木更津の海産物問屋の旦那の妾になって、むこうへ行って間もなく病気で死んだそうです」

その時は旦那の手前もあって、少々つき合いのあった料理屋のお内儀や傍輩の芸者が木更津まで線香をあげに行ったので間違いないということであった。

長助の話を、長太郎は丁寧に聞き、お手数をおかけしましたと礼をいったが、涙はこぼさなかった。

「あまり長逗留は出来ませんので、今度はこれで川越へ帰ります。もしも、吉井屋のお袋のことで、なにかわかりましたら、どうかお知らせを願います」

改めて、るいや嘉助に頼み、川越へ帰って行った。

「吉井屋のお内儀さん、生きてなさったらどんなにか喜んだでしょうに……」

おせっかい好きのお吉は新川の鹿島屋へ清吉を訪ねて行って、なにか心当りはないか

と聞いてみたが、

「そのことは長太郎さんにも申し上げましたように、手前はてっきり品川の娘さんの嫁ぎ先にでも身を寄せていなさるとばかり思っていましたくらいで……」

手がかりはまるっきりなかった。

月の終りに、狸穴《まみあな》の方月館へ行っていた東吾が帰って来て、るいにとっては思いがけない話をした。

「すぐそこで源さんに会ってね。立ち話で聞いて来たんだが、宗太郎がおめでただってね」

るいは絶句したが、お膳を運んで来たお吉がやり返した。

「よして下さいよ。若先生、どこの世界に、男がおめでただなんて……」

「女房に子が出来れば、亭主だっておめでたいじゃないか」

「そういうのは、おめでたとは申しません」

るいが漸く口をはさんだ。

「七重様に赤ちゃんが……」

「なんだ、かわせみの連中はとっくに長助から聞いていると思ったんだが……」

「長助親分がなにか……」

とお吉。

「宗太郎の奴が、水天宮様になんとかの帯って奴を授かりに行くのに、一人じゃてれくさいってんで、長助をつれて行ったんだ。それも、どうやら出来たらしいとわかった翌朝、起きぬけにだとさ」

ああ、あの時、とるいは思い出した。長太郎と深川の長寿庵に出かけた朝、長助は留守で、たしか、麻生宗太郎とどこかへ出かけたと聞いた。

「だって若先生……」

るいの気持が動揺しているのに気づかず、お吉が口をとがらせた。

「あちらは、まだ御祝言をおあげなすって二月とは経《た》って居りませんよ。帯っていうのは五月目になって戌《いぬ》の日に締めるもので……」

「だから、宗太郎はそそっかしいって源さんも笑ってるんだ。第一、本当に出来たかどうかは、もう一カ月もしなけりゃわかりゃしねえっていうのに、宗太郎の奴、あれでも医者かね」

東吾が賑やかに笑っているところへ嘉助がやって来た。

「あいすみません。鹿島屋の清吉さんがやって来まして、どうやら、吉井屋のお内儀さんの居所が知れたようなんで……」

るいがはじかれたように立ち上って帳場へ出て行き、なんとなく東吾もついて行った。

清吉は興奮した様子で上がりがまちに腰を下していた。

「全く、神仏のおひき合せとしかいいようがないのでございます」

昨夜、上方から今年の酒の最初の荷が船で着いて、

「その宰領をして参りました伍平さんと申しますのが、吉井屋のお内儀さんの弟に当りまして……」

上方の造り酒屋の番頭をしている。

「伍平さんの話では、谷中の経王寺と申す寺で、参詣人のための茶店をやって暮しを立てていなさるとのことで、早速、今朝になって伍平さんと一緒に谷中まで行って参りました。あんな所にお住いとはちっとも存じませんで……」

川越の長太郎には、早速、飛脚に頼んで知らせたという。

「こちら様にも、御心配をおかけしましたので、とりあえずお知らせに参りました」

東吾が脇から口を出した。

「そうすると、吉井屋の内儀さんってのは、おきぬさんか」

清吉がなんの疑いもなく頭を下げた。

「左様でございます。おきぬさんとおっしゃいまして……経王寺さんに茶店を出したのは、昔、吉井屋に奉公して居りました女中が御恩がえしにお世話をしたそうでして……」

何度もお辞儀をして清吉が帰ってから、居間へ戻った東吾にるいが訊いた。

「どうして、吉井屋のお内儀さんの名前を御存知でしたの」

「経王寺は、神林家の菩提寺なんだ」

この前も墓参に行って茶店へ寄ったといった。

「どんな方ですか」

「品のいい、よく気のつく中婆さんだ」

五十そこそこらしいが、それよりも若くみえるのは子供を産まなかったせいだろうと東吾がいった時、るいの気持がこの間からひっかかっていた方角へ飛び火した。

「私、東吾様のお嫁にはなれませんわ」

東吾が、あっけにとられた。

「なんだ。だしぬけに……」

こんなことをいい出しても、なんにもならないと承知していて、るいはもう止められなくなっていた。

「私、子供が出来ませんもの」

神林通之進夫婦に子供がないから、東吾が家督を継ぐことになる。

「その東吾様に、お子が出来なかったら、どうなりますの」

「いいじゃないか、然るべき養子を迎える」

「それでは、お兄様ががっかりなさいます」

「馬鹿だな。るいは……」

あきれたように東吾がるいをみつめた。

「そんなことを考えていたのか」

「でも、大事なことでございます」

うつむいているるいの手を、東吾がゆっくり取り上げた。

「俺は、兄上に御苦労でも今少し、神林家の当主でいて頂きたいと思っている。兄上のお年で隠居は早すぎると考えているからだ」

無論、その時が来れば弟として成すべきことはやりとげねばならないと覚悟もしていると東吾はいった。

「そのことと、るいを女房にするのは別でいい」

第一、出来ない、出来ないとるいはいうが、

「これぱっかりは、出来てみないことにはわかるまい。大体、俺達の子は行儀がよすぎるんだ。晴れて夫婦になるまで、じっと辛抱して待ってるんだと、俺は思う」

つい、るいが微笑した。

「東吾様ったら、勝手なことばっかり……」

「その中、宗太郎に訊いてみるよ。どうやったら、手っとり早く、おめでたが仕込めるか」

「やめて下さい。決りが悪い……」

炭箱を運んで来たお吉が廊下の途中で廻れ右をし、とっぷりと暮れた「かわせみ」の庭に風が吹きはじめていた。

五

川越から出て来た長太郎を伴って、東吾とるいが経王寺を訪ねた日、境内の桜は満開になっていた。

あらかじめ、清吉が先に行って知らせておいたことで、茶店のほうは手伝いの人を頼んであり、おきぬは住職のはからいで、方丈の一室で長太郎を迎えた。

一刻ばかり、二人きりで語り合って、先に部屋を出て来たのは長太郎であった。

明らかに泣いた顔で、目が真っ赤になっている。

「おっ母さんが行徳で花作りをしている百姓のところへ再縁するというのです」

川越へ伴《つ》れて帰って孝行をすると意気込んでいただけに衝撃が大きすぎたようであった。

「五十を過ぎて、知らない土地へ行って苦労をするだけではないかと申したのですが……」

おきぬの決心は変らなかったらしい。

「行徳へ行っても、うまくいかないようなら、すぐに便りをくれるように、必ず、迎えに行くからと話して参りました」

がっくりと肩を落している長太郎に、清吉をつけて先に大川端へ帰してから、東吾はるいと共に、おきぬのいる奥の部屋へ入った。

おきぬは縁側にすわって、境内の桜の木を眺めていた。東吾とるいをみて、すわり直して、何度も礼を述べた。

「行徳へ嫁入りするという話だが、本当にそう決めたのか」

東吾に訊かれて、おきぬはしっかりとうなずいた。

「以前から、そのような話がございまして、今の暮しでは、だんだん年をとって参りまして、もし、病みでも致しますと、人様に御厄介をおかけすることになりますので……」

「相手が気に入っているのか」

この前の墓参の時の、おきぬの口ぶりではどうも気が進まない様子にみえた。

おきぬが寂しげに笑った。

「この年でございますもの。浮いた気持で参るのではございません」

先方には八十を過ぎた両親もいて、それなりの苦労は覚悟して嫁ぐのだといった。

「あなたは……」

たまりかねたように、るいがいった。

「長太郎さんのお申し出を断るために、縁談をお決めになったのではありませんか」

おきぬが顔をそむけるようにした。

「生《な》さぬ仲の母親の、せめてもの義理でございます。あの子の重荷にだけはなりたくないと存じて居ります」

それっきり、石のように体を固くして二度と口を開こうとしなかった。

住職に、おきぬのことを頼み、もし、なにか力になれることがあれば知らせてくれるようにといいおいて、東吾とるいは肩を寄せ合って方丈を出た。

すでに日は暮れかけて、境内には花見の客の姿もない。

「なんだか、つらいと思います」

るいが呟いて、花の梢《こずえ》を仰いだ。

桜は満開の時に、僅かながら散りはじめていた。

解説

山本容朗

この『御宿かわせみ』の読切連載シリーズを目にしたのは、毎日新聞社から出ていた今はない『小説サンデー毎日』という雑誌だった。

といってもそれは記憶だけで、その第一回が「初春《はる》の客」（一九七三年二月）であるといった作品についての具体的なことなどをはっきりと覚えたのは文藝春秋刊行の単行本や文庫を通読した時であった。

昨年（一九九一年）から今年の正月にかけて、私は手元にある『御宿かわせみ』以外を新刊店や古本屋で買い揃えて、一週間ぐらいかかり、まとめて読み返した。

読んでいるうちに、「迷子石」、「女難剣難」、「鴉《からす》を飼う女」などの一場面を思い出し古い記憶が少し甦《よみがえ》ってきた。

『小説サンデー毎日』の創刊が一九六九年十月号だから、『御宿かわせみ』は、それから四年後に連載が開始され、三年ばかり続いて、雑誌が消えてしまった。ほぼ五年の空白があり、『オール讀物』誌上に「かわせみ」一家が帰ってきて、今日までその活躍は続いているわけで、その間、既に十九年になる。

「初春の客」では、かわせみの女主人るいは二十五歳、この年の一年前から他人でなくなった幼なじみの神林東吾は一歳年下である。

この連作小説の魅力は、なんと言ってもかわせみ一家の人の和と言ったものだろう。東吾とるいはどちらが表か裏かわからないコロッケみたいなもので、二人でひとりといった関係のように思われる。それ故、この作品は二人一体の主人公と言える。

これに配する登場人物は、まず、東吾の兄の八丁堀吟味方与力の通之進とその妻香苗。彼女は兄にとっては幼なじみの恋女房である。

香苗の妹は七重で、姉妹の父は、西丸御留守居役の麻生源右衛門。この父は東吾を七重の婿《むこ》にと願っているが、子供のいない通之進は弟を神林家の後継ぎと思っている。

八丁堀同心・畝源三郎は東吾と幼いころからの友だちで、学問も剣術もともに学んだ仲だ。東吾が源三郎の捕物を手助けするというのが、この「かわせみ」の基本的なスタイルで、源三郎の配下には、深川で長寿庵という蕎麦屋をやっている長助がいる。

東吾は神道無念流の使い手で、月の半分は、麻布狸穴の方月館の師範代を務めているが、ここの館主は松浦方斎といって練兵館の斎藤弥九郎とも親交がある。それに弥九郎は東吾にとって剣の師だ。

御宿かわせみにはるいの父が八丁堀同心であった時からの出入りの捕方であった嘉助が番頭、お吉が女中頭を勤めている。

連作「かわせみ」は回を追うごとに、この一家も増員されてくる。例えば「美男の医伯の息子の天野宗太郎だった。彼は七重の婿になる。
者」で、かわせみに逗留する長崎帰りのオランダ医寒井千種は、将軍家御典医・天野宗

それに方月館に世話になっているおとせ・正吉という母と子も、この一家に途中で加わってきた。

源三郎は札差・江原屋の一人娘お千絵と通之進の味のある配慮で祝言を挙げる。

『御宿かわせみ』を読んでいちばん痛感するのは、勿論、この一家の人の和といったものも注目されるけれど、同時に作者が訴えているのは人の絆ということではないだろうか。

親と子、夫婦、兄弟(姉妹)、師弟、友達と言った人間の絆を、この一家は大切に大切にしているようだ。主人と使用人と言った関係でも、源三郎と長助の、同心と岡ッ引の間でも、その絆は大事にお互に気くばりによって、守られ、それは次第に強くなっていく。

もう一つ思った。この連作シリーズは捕物も大事な要素ではあるけれど、それを支えているのは、かわせみ一家の、言ってみれば履歴書といった部分ではないか。

その証拠には、「美男の医者」、「源三郎祝言」、「雪の夜ばなし」、「麻生家の正月」、それに東吾とるいの結婚式が登場する「祝言」など、その履歴の区切りになると思われるこれらの作品がみな傑作だということである。

いや、傑作はこればかりではない。

私の好きなのは、「鴉を飼う女」、「白萩屋敷の月」、「白藤検校の娘」、「源三郎祝言」、「岸和田の姫」、「忠三郎転生」、「春の寺」、「浮世小路の女」、「花御堂の決闘」などであ

る。

私には、『御宿かわせみ』を読んで、東吾や源三郎、そして長助の歩いた道、巡拝した神社仏閣、渡った橋などを探し歩くという秘かな愉しみもある。かわせみ江戸地図と言ったものだ。

強烈に刺激されたのは、「蛍沢の怨霊」中の日暮里の宗林寺で、今、この寺の門前には、「ほたる沢」と刻まれた石碑が建っている。

宗林寺から蛍坂をのぼり切ると、有名な加納院の築地堀に出て、谷中から日暮里に通ずる道に出る。朝倉彫塑館の前の通りだ。この道は日暮里駅（北口）から谷中銀座へ通じる道と交差する。角に経王寺がある。

「鬼の面」収録の「春の寺」を読んだ方は、「ほ、経王寺」とお思いになるだろう。

「その日は、神林家の兄弟にとって亡母の命日であった。

たまたま、通之進も非番の月で、家族そろっての墓参となった。

二月なかばの風はまだ冷たいが、日ざしは柔らかで、まずまずの遠出日和である。

神林家の菩提寺は、谷中の日暮里村、経王寺で、墓所は方丈の裏にある。」

「春の寺」の冒頭だが、西日暮里から日暮里、根岸、谷中、根津、千駄木、上野と、赤羽に居住する私にとって絶好の散歩道なのである。

小説の舞台を歩くということは、目でなくその作品を手で触れるような感触を、私は味わう。言うまでもなく、「かわせみ」の時代と現在は地上の風物は一変している。しかし、寺から寺への距離、橋から寺への道程といったものは、そう大差はないように思える。

夕方の蛍沢を歩くと、蛍坂をのぼっていると、東吾や源三郎、それに長助、彼らの足音が聞こえてくる。そんな錯覚なら嬉しい。

「今日は浅草から山谷堀を入って上野の御山の裏を抜け、不動尊御行《おぎょう》の松へ出てくる川筋を猪牙でひたすら漕ぎ上って行った。これは石神井川用水に続く水路である。」

「蛍沢の怨霊」での東吾と源三郎の蛍沢への道順である。場所によって呼び名は違うけれど、石神井川は飛鳥山下で下郷用水に分流した。その用水は音無川と呼ばれたが、明治十六年鉄道の開通で埋め立てられ、または、暗渠になってしまった。が、この流れは、今で言うと王子から日暮里までは鉄道線路に沿い、あとは、荒川区と台東区の境界を流れ、御行の松裏を抜け三ノ輪で山谷堀に合し、大川（隅田川）へそそいでいた。

東吾と源三郎とが猪牙でいった川筋を、私は徒歩で、逆に何回となく歩いた。不思議なことに歩くたびに、私には音無川が見えてくるような気がする。

『御宿かわせみ』は、「人情捕物帳」と文庫版の帯に印刷されてあったけれど、さまざまな角度から、読める愉しさがある。私のように江戸切絵図的な読書といった方法も可能だろう。

「露月町・白菊蕎麦」では、なんとなく麻布十番の永坂更科の蕎麦を思い出した。

「酸漿《ほおずき》は殺しの口笛」では、畝源三郎の「寺島村は紫蘇が名物なんです。ですから、春はよもぎ餅、今頃は紫蘇餅、秋になりますと、芋の餡《あん》の入った餅もなかなかうまいものです」という餅の解説が面白かった。

鰻屋の多い深川の中でも指折りの店・逍遥亭の名が出てくるのは、「幽霊亭の女」だった。

「鰹のたたきに、筍の木の芽あえ、茄子の田楽」が、神林東吾の好物だと知ったのは、「源三郎の恋」という一篇だった。

こんな例を見ても、作者の平岩さんは食べ物に対する興味を十二分に持合せている、と読める。

平岩さんはつつましやかな喰いしん坊であろう。

「蜘蛛の糸」では次のような描写が目をひいた。

東吾は、かわせみで、さくさくと歯切れのよい辛菜《からしな》をたべている。これは彼の好物の一つ。次からは引用。

「小魚の煮つけに、大根の柚味噌かけ、豆腐の味噌汁、それに食べるそばからお吉が火鉢の金網で焼いては、大根おろしをまぶしてくれる薩摩あげで、二杯の飯を東吾が食べ終えた時、廊下をるいが戻って来た。」

池波正太郎氏は、『鬼平犯科帳』でも、『剣客商売』でも、食べ物をよく使って、作品に愉しさ、という味を出していた。が、『剣客商売』の秋山小兵衛の若い女房のつくる根深《ねぶか》汁だけが、頭に残り、印象的なのはほとんど外食だったように思えてならない。ところが、平岩さんの味は、東吾がかわせみでたべている家庭食というものが多い。長寿庵の長助が信州から蕎麦粉がとどきましたと神林家やかわせみにとどけてくる。すると「蕎麦がき」が出てくる。

音無川でふと思った。不動尊御行の松で思い出した。

「白萩屋敷の月」の、白萩屋敷は御行の松の近くにあった。兄の使いで行った東吾を、途中で出会った源三郎が、門のところで待っている。

白萩屋敷の白い花と女主人とが美しく描かれているこの一篇は傑作中の傑作と言っていいだろう。作者は、この連作に花を、まったく自由自在に、まるで手品師のように使い分けている。

どの一篇もゆったりと、大らかに、まるで神林東吾の剣のように流れている。イヤ味は少しも感じない。東吾は、方月館の師範代から、お役がつき、講武所の教授方と軍艦操練所勤務を任命される。が、作品のペースは少しも変らない。江戸の風は時代の風雪とは別に吹いているかのようである。

私はそんな作者のゆるやかな、大らかな作品のペースが好きだ。

江戸の年中行事も、一つ一つ作中に取り入れ、その時季になれば、桜も山茶花も咲く。

平岩さんは、そんな季節の花を丁寧に姿勢正しく活けるが如く、作中で表現している。読者は、そんな作者の活けるが如くの花を愛《め》でるのである。

この「鬼の面」には七篇が収められているが、「白萩屋敷の月」、「閻魔まいり」につづく好篇揃いである。

『御宿かわせみ』はゆったり、大らかなペースですすめられているけれど、時々作者自身の気分が乗っているな、と感じられる時がある。この一巻は、そんな一時期だと私には思われる。

「忠三郎転生」は、岡崎半次郎を中心とした六人の強盗団に、宗太郎と七重が拐《かど》わかされ、源三郎も手傷を負う大事件だが、岡崎半次郎の身元解明のくだりが面白い。このシリーズ中の指折りの力作だろう。しかも、本篇で、宗太郎と七重の結婚が約束され、「雪の夜ばなし」では祝言が行われる。

つまり、『御宿かわせみ』というながい連作小説にとって、この一巻には、その節目に当たる作品が収められているのである。

「春の寺」では、谷中七福神の大黒天のお堂の近くの一本の桜が出てくる。

その大黒天、——上野・護国院が次のように書出しに姿を出すのは、「迎春忍川」であった。

「正月三日、江戸は上野の護国院の大黒参りで賑わっていた。（中略）

護国院では、この日、大黒天に供えた餅を湯にひたして、その湯を参詣人に飲ませるので、大黒の湯とも御仏供《おぶく》の湯ともいわれるその一杯を頂けば、この一年を無病息災で過せると信じている善男善女が、ひっきりなしに上野の山へ上ってくる。」

東吾、るい、嘉助、お吉と揃って、大黒参りに出かける。この連作では正月の光景を扱った作品が多いけれど、「迎春忍川」はそのなかでは目立つ佳作。

私は、また、刺激されて護国院から谷中を満開にやや過ぎた桜の下を雨の日曜日に歩いた。

歩いた、と言えば、「源三郎の恋」には白金村（港区白金）にある本妙寺と正源寺という寺院が出てくる。正源寺は被害者の坊主の寺で、本妙寺は作品の舞台で、その寺内にある小さな庵室で灸の療治《りょうじ》をしている尼僧がいる。本妙寺は紫陽花が花盛りである。

本妙寺も正源寺も実在の寺として白金にある。けれど、本妙寺はなんの変哲もない日蓮宗の寺だったし、正源寺は無宗派の宗教法人になっていた。だが、この寺は、永井荷風の「大窪だより」にある「西方六阿弥陀如来御霊場」の五番にあたる正源寺だと気づいた。大正二年九月と日附入りの案内状が荷風の文中に挿入されている。荷風は時刻に遅れて、西方六阿弥陀参りには行ってはいない。

再度記すけれど、『御宿かわせみ』はさまざまな読み方が出来る。

本妙寺から正源寺まで行くのに三光坂という坂を上った。坂の途中を左折したら、行止りだった。こんな行止りの道が「源三郎の恋」にも書き込まれていた。この白金附近も寺院の多い場所だ。

私は大方被害者の坊主の足どり通りに歩いたことになった。

小説、特に江戸を背景にした捕物帳は、歩いてみることが、その作品を理解する早みちだと私は思っている。

「雪の夜ばなし」では、宗太郎と七重の祝言が行われる。それがすんだあと、東吾は一人麻生家を出る。雪が降っている。川っぷちを深川へ向うと、橋の袂に女が立っている。川へとび込む素振りを見せるので、それを止める。女が「お嬢さま……」と駆けつける。

女を背負い、女の案内で、雪の道を竪川沿いに本所を抜け、横川から小梅の方角へ行く。女は足早やになり、小さな道に入り、幾度も曲った。小さな家へたどりつき、その夜、東吾はお久麻というお嬢さんと不思議な体験をする。夜明け、駕籠に乗せられ、永代橋の袂で下され、駕籠屋は逃げ去る。

捕物帳は何も犯人追及ばかりが目的ではない。この東吾の「雪の夜ばなし」事件追いは、読者として興味つきないものがある。それにしても、七重の幸福に満ちた顔と、翳《かげ》があり不安におののくお久麻の顔とが、ぽっと雪の夜に浮びあがってくる情感あふれる小説の仕掛けは、平岩さんならではの芸と言っていい。


（文芸評論家）

本書は一九九二年十月に刊行された文春文庫「鬼の面　御宿かわせみ13」の新装版です。

文春文庫

鬼《おに》の面《めん》　御宿《おんやど》かわせみ13

定価はカバーに
表示してあります

2005年7月10日　新装版第1刷

著　者　平《ひら》岩《いわ》弓《ゆみ》枝《え》
発行者　庄野音比古
発行所　株式会社 文 藝 春 秋
東京都千代田区紀尾井町 3-23　〒102-8008
TEL 03・3265・1211
文藝春秋ホームページ　http://www.bunshun.co.jp
文春ウェブ文庫　http://www.bunshunplaza.com

落丁、乱丁本は、お手数ですが小社製作部宛お送り下さい。送料小社負担でお取替致します。

印刷・凸版印刷　製本・加藤製本

Printed in Japan
ISBN4-16-716894-4